人生
なんとか
なるもんさ

紀島愛鈴 著

セルバ出版

まえがき

本書は、著者の40歳を記念して平成29年11月に刊行された、「あっこちゃんと月の輪」の続編として書かれたものである。

日々の生活の中で感じていること、考えていること、経験などを、著者の視点から、精査して、記念に残すものである。

人生を楽しんでいくことをモットーとして、今までのことなどを、回顧しながら、考えも踏まえて、まとめ上げている。

仕事を19歳の頃からしているので、もう20年ほどは経つ。仕事などその他のこともしながら、日々生活していく中で、仕事を始めてから20年も経っていることを、感慨深く感じながら、幸せであることを実感して、感謝をしながら生活しているのである。

いろいろな考えや、経験がどう活かせるのか、本書にて挑戦していく。40歳を超えたということで、自分史のような側面もある。

楽しむこと、経験していくことを、これからも続けていくことになると思うが、すでに40年も経っているので、もうかなりいろいろなことがあったのである。何もない人生などは存在しないのではないか、そのように感じている。

昔、仕事をしているときに、社員になりたいと言ったことがある。そのときはパート社員であったので、正社員に憧れていた。独身でもあったので、正社員でも平気であった。

今、考えて見ると、言っただけで簡単に正社員になれるくらいならば、誰も苦労しないのである。そんなことも、わからず、無邪気に正社員になりたいと、言っていたというのは、まだ、若かったのであろう。

結局、それはパート社員のままであったのだが、そこで、もし、正社員になっていたならば、今の自分は存在しないのである。

流れの中で、いろいろな経験をしていくことが、とても楽しいことであるというのは、自分を肯定していくために、これからの自分のこともつくり上げるものである。

それと同時に、人間は1人で生きているのではない。みんなの協力、支えなどがあって、生活していくのである。わかってはいるのだが、どうしても、人を嫌ってしまうことがある。

何かあるたびに、人を嫌ってしまうという性分であるが、常に嫌っているわけでもない。いろいろな楽しいことがあるので、それを楽しみに日々を頑張ること、これは大切なことである。

人生の経験を生かしていくことは、いろいろな人に、役に立つのかもしれない。

功績を遺すということが私は好きであるが、活動していく中で、自分の不甲斐なさを痛感することもある。それを乗り越えて、すばらしいものを残すこと、これはとても嬉しいものである。

40歳を超えてしまったので、子供の頃とは全く違う。大人として、できることをしていく、貢献していくというのは、使命なのである。それを批判することもあるかもしれないが、受け止めて、次に活かしていくのである。

たくさんの人と関わるというのは避けては通れない道であるので、その中でわかったことなどを、これからも活かしていきたい。

すべてを完璧にしていくというのはとても難しいことであるが、そのようなことはあまり面白くない。本書で楽しむことができたら何よりである。感謝をして、これからも活動して行きたい。

２０１８年８月

紀島　愛鈴

人生なんとかなるもんさ　目次

第6章　人生は楽しい

第7章　日々の生活と音楽と人生

第1章

幼い頃から人生を楽しんできた

若い頃のあっこちゃん

あっこちゃんは可愛い女の子

あっこちゃんは可愛い女の子だった。普通の女の子という感じで、可愛いワンピースなどを着ていた。ピンクのワンピースがお気に入りで、少し高価なものだった。ランドセルも日本橋で買ったもので、それも高価なものだった。あまり裕福ではない普通の家庭だったが、そういう高価なものを買ってくれていた。

ランドセルは良いものだったので、大事に使っていた。赤いランドセルはピカピカ光っていて、つるつるの物だった。すごく良いものだったので、自慢げにしょっていた。そのランドセルは壊れることもなく卒業まで使うことができた。ランドセルが良いものであることはとても嬉しかった。

なんか特別な感じがして、自慢げでもあった。特別な物、そんな感じがして自分はすごく特別な存在であるということを感じていた。ものすごく面白いこともたくさんあった。

家にはインコが居て、あまり世話はしなかったが、毎日見ていた。

そのインコが卵を産んで温めていた。巣をつくってやると、そこで卵を温める。

しばらくすると、インコの子供が産まれた。2羽だったインコが3羽になった。

ある日、窓の柵にインコがいる鳥かごを掛けていた。何かの拍子に鳥かごが2階の窓の柵から落ちてしまった。慌てて見るともうインコはいなかった。

どこかへ飛んでしまった、そう思って少し悲しかったが、大空に羽ばたいたので嬉しかった。大空に羽ばたいたインコはどこへ行ったのだろう。

想像が広がり、羽ばたいたインコが幸せなのではないかと思った。羽ばたくことができたインコは絶対幸せなんだ、そう思ってとても嬉しい気持ちになった。

ある日、インコを籠から出してみた、そしたら家の中を縦横無尽に飛んだ。子供のインコは大人のインコと変わらない大きさで、見た目は区別がつかない。

かわいいインコは家族の一員であったので、エサと水を毎日母があげていた。水を籠の中に入れるとインコはその水で水浴びをしてしまう。

ある日窓を開けていたら、ジュウシマツが家の中に入ってきた。そのまま籠の中に入れてやり、飼うことになった。そのジュウシマツの足には何か白い帯のようなものが巻かれていた。なんだかわからなかったが、そのまま飼うことにした。

あっこちゃんと洋服

ランドセルをしょって学校に通っていたが、学校は家から5分くらいのところにあった。かなり近いが子供の足だと少しかかる。

毎日学校に行くには洋服が要る。洋服はその頃まだ子供服が発達しておらず、あまりなかったので、数枚しか持っていなかった。

しかも自分の気に入ったものは着ることができない。デザインもあまり発達していないので、可愛いものではない。あまり気に入ったものではないものを、着ていた。なんか可愛くないし、とても嫌だった。

でも我慢してそれを着ていた。可愛い服を着るのが夢になった。母の世代では、オーダーの服が主流だったので、それから10年くらいしか経っておらず、まだ子供服はそんなになかった。

可愛い服など見つからず、気に入らないものを着るしかなかった。与えられたものをそのまま我慢して着るしかなかった。

それから時は過ぎ、バブル時代になった。そうすると洋服はものすごく高くなっていた。ジーパンが1枚1万円というのがほとんどで、10枚持っていると10万円掛かっているということである。

安い可愛い服があまりなくて、シャツを買うにしても1万円くらいはしていた。洋服がものすごく高いというバブル時代を過ぎて、バブル崩壊の後は、洋服は安くなっていた。２０００年以降には、洋服があまり高くないという状態であった。

それで自分で洋服を揃えるということが普通になってきた。今まではあるものを着ているという感じだったが、好きなものを買うことができるという感じになってきた。

結婚して、扶養してもらっているので、生活費の中から衣類代は出せるようになっていた。それでも洋服を買うということはあまり慣れていなくて、そんなに買うということはなかった。

持っている服もそんなに多いわけではなく、あるものを着ているという感じなのはあまり変わらなかった。だいたい洋服を買うということに慣れていなかった。

日頃の生活の中では洋服を買うことにはあまり重点を置かず、あるものを着ているということが多かった。それでも洋服は安くなっていたので、安心して買うことができていた。

バブルの頃のものすごく高い洋服は太ったせいもあって着られなかったが、だんだん洋服が安くなっていったのはうれしいことだった。

それから月日は流れて、もっと洋服が安くなっていた。1000円を切るものも多く、500円とかそういうものまであった。そうなると高いものは一切買わないという感じで、安い服しか買わなくなった。

安い服ならば1枚ではなく数枚まとめて買ってもそんなに高くはならない。インターネットで数枚まとめて買うということも多くなった。しかも洋服が可愛い。可愛いものが安く手に入るというのはとてもうれしいことだった。

今まで可愛い服が着られなかった反動もあって、可愛い服をたくさん買って着るようになった。可愛いというのは人から見て可愛いというものではない。自分の価値観で可愛いというものである。それだから人から見たら普通という感じなのかもしれない。

自分の価値観で可愛いものを着るということが、とてもうれしいものである。自己満足の何物でもないが、人から見てどうこうというわけではない。

例えば、スカートが可愛いと思っても、ロングのタイトスカートなどは着たところで可愛くない。それでも自分では可愛いものを着ているので、満足である。人から見たら普通の服という印象であると思う。自分では自己満足なので、可愛いと思っている。その可愛い服がとても安い値段で買えるようになったのは、とても嬉しいことである。今まで可愛い服が着られなかったので、その反動もある。気に入ったものをやっと30歳すぎぐらいから着られるようになったのだ。

それまではあるものを着ていることが多かった。太っていたときはメンズのものを着ていたこともあった。体が小さいわけではないので、その頃はサイズがなかったのでメンズのものを着ていたのだ。

レディースの洋服はどうしても小さいものが多い。小さいものは大抵は入らない。レディースの洋服が入らないという人も多いと思う。

Ｌサイズが好きという話を聞いたことがあるが、やはり小さ目にできている。それでは入らない服も多く、入る服を探すのに苦労している。考えないで買ってしまうと、大抵は小さい。

大き目なのを選んで買わないといけない。ウエストなどは90センチくらいはあるので、ウエスト回りが入らないものも多い。Ｍサイズが63センチとかそういうものが多いので、かなり大きいのだ。それだから洋服を選ぶには苦労している。

最近のファストファッションは大きいものもあるので、嬉しい。海外の大きいサイズがぴったりである。海外の洋服は大きいものが多いので、大き目な私にも入る。

日本のレディースの洋服は小さ目なのが多い。私にはウエストが特に入らない。ウエストは昔から太目だったので、いつも大きいものを買っていた。

本当に小さいものしかない時代はメンズのものを買うしかなかった。メンズでは可愛いものは売っていない。可愛い服が着られるというのは嬉しいものだ。

サイズがあればどんなに可愛い服でも着ることができる。可愛い服でもサイズがないものも多いので、諦めることも多い。可愛いけどサイズがないというのはよくある。そういう場合は諦めて大きいものを買う。

可愛い洋服というのは大きさが叶うことがない。女性用の洋服は小さ目にできているものも多いので、なかなか理想のデザインのものに出会うことはない。

理想のデザインのものを自分で手直しして着るということはできるのかもしれないが、そこまでやることはない。たまに母に頼んでサイズを変えて貰うこともあるが、あまりそんなことはしない。

理想のデザインでなくても、着られそうなものは購入することが多い。可愛いくて、理想のデザインというのは是非着たいものであるが、なかなかサイズが合わない。

理想のデザインというのは、どっちかというとフリルの付いているものであるとか、ガーリーな感じのものである。

しかし、40歳にもなるとそういうものが着たくても少し遠慮してしまう。見た目だと平気なのかもしれないが、歳を考えると少し躊躇する。短いズボンであるとかミニスカートであるとかそういうものは少し遠慮する。

それでサイズが小さいもので、もう着ることができないとなると、買取りに出してしまう。洋服の買取りはたまにするのだが、５０００円ほどになったこともあって、いつも楽しみである。

しかし、私の洋服はほとんどが激安の洋服なので、高い値段で買い取ってくれることはない。しかし、激安の洋服がいくらかになるというのはものすごく楽しみである。着倒しているものもあるので、それがいくらかになるというのは嬉しいものである。

可愛い洋服で、もう着られないというものも買取りに出すことが多い。

さすがに40歳にもなると、ぶりぶりな可愛い洋服は着ることができない。普通は結婚したら辞めるのかもしれない。そういうものもたまに買ってしまうので、着ることができないのに家に置いてあることもある。

しかし、たまにはピンクのものも買ってしまったりするが、着るには勇気が要る。ピンクのものというのは、少し躊躇する。

ピンクが無理ならば白を着る。白ならば、清潔感もあるし、明るいイメージにもなる。明るいイメージにしたいこともあるので、暗い色は避けることが多い。

洋服は可愛いものが好きであるが、無理っぽいものは避ける。40歳にもなると、可愛い服は着られないことがあるが、どうしても若く見られたいので、若く見える洋服にする。

今時のファストファッションであるとかそういうものを着ることによって若く見える。ファストファッションを着るというのは若く見られるためには必要である。

とにかく歳を取った風の感じにはしたくない。幼く見えてもそのほうがよい。可愛いものを着たいという願いは、無理なものも多い。

着られればよいというのもあるので、少し可愛いというものも選ぶ。それならば40歳の私でも着ることができる。歳を考えるとあまりブリブリなものは着ることができない。

もうこの歳では恥ずかしいというのもある。それだから、歳を考えて、それなりのものを選ぶ。

ジーパンが好きなので、ずっとジーパンは履いている。似合うというのもあるので、好きなのだ。洋服を何を選ぶかというのはいつも迷っている。高いものを着たほうがよいのか、安いものを着たほうがよいのかも迷っている。

しかし、私は安いものが大好きなので、自然と安いものを着るということになっている。色も黒はあまり着ない。白っぽいものを好んで着ることが多い。

黒を着ていると気分も落ちてしまう感じがする。明るい色というのが気分を高揚させる。あまり暗い色は気分が滅入るので、あまり着ることはない。見ている人も気分が滅入るような気がする。

仕事をすること

アルバイトは大変

私は19歳の頃に初めて、アルバイトをした。ファーストフードの接客であったが、これがなかなか難しいものだった。どうしたらできるようになるのかというのはわからなかった。とにかく教えてもらってやっとできるという感じだった。教えてもらわないとどうしたらよいのかがわからない。

お客さんはひっきりなしに来る。それに対応していくわけだが、対応の仕方もわからなかった。すべて教えてもらってやっとできるようになるという感じであった。

私はアルバイトが苦手だ、そう思うようになった。なにもわからない。そんなでは仕事にもならない。

まだ若いというのもあって、苦手ではあった。が、あまり気にしていなかった。仕事は難しい、そう思った。

仕事をするということは普通のことであった。特別すごいことでもなかった。気軽にアルバイトをするということで、普通のことでもあった。

しかし、世間からすれば昭和の名残がある時代に、仕事をすることというのは、珍しいという考えもあった。

父も母も仕事をしている人だったので、自分の中では普通のことであった。人によっては特別なことと考える人も多かった。しかし、私は全く普通のことであった。

生きて行くにはお金が必要だし、何かあったときにもお金で解決できることも多い。やりたいことがあっても、お金は必要であるし、仕事をしていくことは普通のことであった。それに、仕事をするのは嫌なことでもあった。自由な時間がなくなるし、なにせ疲れる。1日ファーストフードの接客をしていると、本当に疲れる。とても忙しいというときもあるので、そのときはさらに疲れる。

仕事は嫌なことという位置づけでもあった。特別なことということは全くなかった。生活して行くには仕事というのは普通のことであって、気軽にやってもよいことであるという考えであった。嫌ならば辞めればよいし、そんなに気にすることもない。

気軽に仕事をするというのがモットーであった。そんなに気軽なので、すぐに辞めてしまうということも多かった。

人手不足でもあるので、募集はたくさんある。辞めてしまっても次がたくさんある。若いということもあったので、あまり気にすることもなく、すぐに辞めてしまっていた。

1人暮らしをして仕事をするということは全く考えていなかった。そんなことは無理に決まっているし、家族がいたほうがよいという考えでもあった。

仕事をこれからずっとしていかなくてはならない、そんな重圧のようなものもあった。

何十年もあるのに、仕事をしていかなくてはならない、それは気が遠くなることでもあった。

その仕事をしていかなくてはならないという重圧があって、すぐに辞めてしまうことも多かった。

これから先、ずっと仕事をしていくことがわかっていたため、もうやらないということをすぐに考えてしまう。家で休みたいということもあった。

仕事に対してやる気がない、そんな感じでもあった。何十年も仕事をしなくてはならない、そんなことはわかっていたので、とにかく辞めたいというのもあった。それですぐに辞めてしまうということも多かった。

すぐに辞めてしまうことは、自分では自信がなくなることでもあった。それでも嫌だと思うと辞めていた。

先が長いというのが一番にあったので、少し働くということでよいと思っていた。

この先、20年とか30年とか働かなくてはならない、それを考えるとすぐに辞めたくなっていた。

それで辞めてしまってても家でパソコンなどをして過ごしていた。

収入と仕事

パソコンでは内職のようなことをしていた。オークションで雑誌を売ったり、インターネット用のライティングなどもしていた。それはそれで月２万円ほどにはなっていた。年間にすると24万円で、扶養内で収まっていた。

月２万円というのは少ないと感じていて、それでも内職を続けていたが、あるとき、自動車免許を取ろうと考え、３か月ほどで取ることができた。

高速の前の日は眠れず緊張していた。最終テストも99点で一発合格だった。

免許は取ったのでこれから何しようと考えたとき、仕事をしようと考えた。

それで数社に履歴書を送り、面接なども何か所か行った。それで仕事が決まった。月２万円ほどの収入だったので、少ないと感じていたものだが、仕事を始めると、収入が多くなった。

１社だけ受けて諦めるという人もいるかもしれないが、履歴書を20通書けないと仕事にはならないという意見があった。

それを聞いていたので、諦めることなく数社受けた。これから何十年も仕事をしなくてはならないという考えがあったが、免許を取る頃にはそんなことは考えなくなっていた。免許も40代になったら難しいのではないかと思って、30代で取ることにした。それでも免許を取るのは遅いほうであった。

みんな18歳とかで免許を取ってしまう。その中に36歳のおばさんがいたのだ。それでも引け目を感じることもなく、普通に免許を取ることができた。

月2万円ほどの収入で、少しは貯まっていたので、免許を取るにもあまり心配なかったのだが、できが悪くてかなりの金額が掛かった。教官がなかなかハンコを押してくれない。それでもなんとか取ることができた。

仕事は数社受けて1つ受かったが、落ちたところはすべて社員の募集であった。受かったのはパートであった。

レベルを落とせば受かるものだとそのとき思った。社員希望ではなかったけど、子供も居ないので暇な時間も多く、社員でもやれると思ったので、社員で受けていたが、すべて落ちたので、レベルを落としてパートの募集に応募してみた。

そうしたら、すぐに受かることができた。

面接で何を見られていたかを考えると身長ではないかと思った。身長は高いほうではない。どちらかというと低いほうである。面接で見られているのは身長であると確信していた。

パートの募集なら受かるとは思わなかったが、何でもよかった。とにかく仕事ができればそれでよいという感じであった。

６年間くらいはあまり仕事をしていなかったので、ブランクがあった。そんなにやっていなかったから、とにかく最初は何でもよいと思った。

２年間くらいはインターネットの執筆の仕事をしていたが、収入は月２万円ほどだったので、少なかった。それならば、通勤して仕事をしたほうが、収入になると思い、仕事を探した。

パートならばフルタイムで入れば月10万円ほどにはなる。１か月まるまる通勤してパートに入れば20万円ほどにもなる。パートでもよいからという感じだったので、正社員にはこだわらなかった。

パートでもかなり貰うことができる。パートだと時給だったりするのだが、例えば時給が１０００円だとすると８時間働くと８０００円、それを20日働くとしたら16万円の給料になるわけである。

これだけ貰うということは、生活の足しになる。その16万円から社会保険などが4万円ほど引かれて、12万円の手取り給料というわけである。

私は扶養内でやっているので、社会保険が引かれることはないのだが、とにかく130万円以内に収めないといけない。

週6日とかで働くと、月にすると26日の出勤である。ほとんど現場に居るというそういう状態になる。

女性でも仕事をしていく

アルバイトでも意外と貰える

時給でも意外と貰えるものである。時給だからと言って馬鹿にするものではない。かなり貰えるのである。日頃の生活の足しにはなるということである。

これで一家を養おうと思ったら大変かもしれないが、そうではない場合、奥さんがパートに出るとかそういう場合はこれで十分である。

日頃の生活費というのは子供の居ない夫婦２人世帯だと16万円ほどかかる。それだけ見ておけば、日ごろの生活は大丈夫であるのだが、かなりかかるというわけである。

しかし、もし1人で生活してかなり切り詰めると月７万円ほどで生活することができる。もし貯蓄で生活しようとなると、その７万円を計算するとよいというわけである。

年間84万円かかるというわけで10年で８４０万円である。もし歳を取って1人になった場合、月７万円かかるとを計算しておくとよいということだ。

子供が居たとしても、大人になったら世帯を持つことがあるので、1人になる場合もある。そうしたら月７万円はかかるというのを肝に銘じて置けば、安心である。

もし月５万円の年金が貰えるとすると別途必要なのは２万円である。年間24万円で20年で４８０万円である。それを計算しておくとよいというわけである。

といっても、体が動くうちは何か活動することができるので、あまり心配もいらない。60歳というととても年寄りのような気がしていたが、見ているとそうでもない。まだまだ活動できる感じである。

子供の頃に祖父や祖母を見ていて、とてもおばあちゃんのような気がしていた。歳はまだ60歳くらいだったと思うが、とてもおばあちゃんのような気がしていた。

しかし、家で内職などもしていて、活動はまだしていた。

仕事をすることが一番やらなくてはならないことでもあるけど、毎日の生活を活気づけてくれるのも仕事である。仕事があるから、毎日楽しいということが最近の私でもある。

その代わりに毎日とても忙しいので、本当に毎日何か予定がある。休みがないと言えばそうである。

休みが欲しいと思ったことはないが、毎日が楽しいので、疲れが溜まってきたらたくさん寝ることにしている。

仕事というのはアルバイトのようなものだが、それでも大変なこともたくさんある。アルバイトのようなものだからと言って軽く見てはいけない。

それが自分の仕事であり、任されているものである。それをやり抜くということに精を出すが、そんなことをしているととても疲れる。

8時間の勤務時間を5時間くらいにしようかなとか考えることもある。とにかく8時間というのがきついのである。これが5時間くらいになるととても楽に感じる。

今の仕事は時給なので、そうやって時短勤務にすると給料は減ってしまう。でも、それが自由にできるというのが時給のよいところでもある。例え休んでも、1日分の給料が減るだけである。

　正社員に憧れるというのは誰でもあることだと思うが、時給のほうがよい面もある。時間が自由に設定できるというのもそうである。休むと時給分が減るだけということもあるが、忙しいママさんなどはこういうほうがよいだろう。

　私がアルバイトをし始めた１９９５年頃は最低賃金が時給６００円くらいであった。そのときにだいたい８２０円ほどの時給であったが、そうやって１か月働くと残業も含めて20万円くらいになることもある。

　そこから社会保険などが引かれて16万円ほどになるのだが、女性の仕事の場合はそれくらいが普通なのである。

　たまにはもっと給料の高い人もいるかもしれないが、女性の場合はこれくらいが普通だと思っていたほうがよい。

　一家を支える男性などはもっと貰える場合も多いが、子育てなどもある女性の場合はこれくらいが普通である。

　少ないと思っている人も多いかもしれないが、女性の場合はこれで普通と思っていたほうがよい。

女性と仕事

女性に責任ある仕事を任せる企業は少ないのではないだろうか。そう思っていたほうがよいのである。女性でもやろうと思えばいろいろなことができる。女性だからと言って諦める必要はない。

あまり上手くいかないということがあるかもしれないが、諦める必要は全くない。また女性だからと言って引け目に感じている人もいるかもしれないが、大丈夫である。

女性の勘は鋭い。まだまだ男性社会の日本だが、女性の活躍も意外といけるものである。女性には出産というものがあるので、それを視野に入れての行動になることも多い。

女の子だからというのが気に障る人もいるかもしれないが、女の子だからよいというのはある。

結婚して出産するというのが人生の一大事なので、それをこなしながら、仕事などをするしかない。育児休暇などが取れる会社も多いので、日本は恵まれている。

そういうものがない場合でも話合いでどうにでもなる。

アルバイトをしようと思ったとき、大卒であることというのがネックになる場合もあるかもしれない。高卒であるほうが、アルバイトをしやすいというのが現状ではあるのかもしれない。

ましてや国立大学卒業で、作業系のアルバイトをしようと思っても、気が引けてしまう。国立大学出たのにもったいないと感じると思う。

２０１７年時点では若い人は大卒がかなり多いというのが現状である。そういう人が作業系のアルバイトをするというのはなかなか考えにくい。

人手が足りないところというのは、きつい仕事であったり、環境がとても悪いところであったり、すぐに辞めてしまうところである。すぐに辞めてしまう人が多いために人手がとても必要なのである。

辞める人が少ないところは、人を募集しない。

私は接客の仕事を何回かしたことがあるが、１日に２００人ほどを接客するので、そのことが嫌になり辞めてしまった。

毎日２００人と接客ということを考えると１か月で何人になるのだと考え始め、それで嫌になってしまった。

ただ街ですれ違うだけならば、あまり気にも留めないし、見ていない場合も多いが、レジのところで接客となると一度は面接のような感じになるので、気に留めないというわけにはいかない。

そのことが気になって、接客のアルバイトは避けている。どんな人が来るかもわからないし、平気だとは言い切れない。

それを考えるとお客のほうも気になるのかもしれないが、お客はそんなことを知らない。レジなどをやったことがある人ならばわかるが、普通はそんなことは知らない。お客であるのに怒って帰る人も居る。そんなことをしたら出入り禁止になるような感じである。お客様を神様だと思うという接客の方法もあるのだが、そうではない場合が多い。だいたいレジなどの仕事をしていると疲れてくる。それなのにそんな丁寧な接客ができるわけがない。お喋りするというのが関の山である。

疲れているのに丁寧な接客を望むというのはとても無理なことでもある。多少のことは容認していく必要がある。

顔を覚えられたら少しは話などをするのが一番よいのかもしれない。

何度もお店に行っていると、すぐに顔を覚えられる。そうなると友達のような感じになって、お喋りなどをするのが一番である。

寡黙な人は無理なことかもしれないが、そうするのが一番のような気がする。レジでの接客業はアルバイトで何度かやっているのだが、何回も来る人は顔を覚えてしまう。

しかし、１回くらいしか来ない人はすぐに忘れてしまうので、それはあまり心配いらない。

レジをしているとお客さんがどんどん来るので、とにかく作業をするということが一番になって、顔まで見ていないことも多い。それだからあまり心配はいらないのだが、やはり何回も来客すると、覚えてしまう。

１日に２００人とかかなり多い人数がお客として来るのでそれは覚悟をしてアルバイトをする必要がある。レジでの接客で誰かに会うのが嫌ならばアルバイトは他のものにしたほうがよい。

誰にも会いたくないという場合はレジでの接客はむかない。お客は流動的なので、同じ人が来るというわけではない。

固定された知り合いのほうがよいという場合はレジでの接客は辞めたほうがよい。

それならばどこかのオフィスにいるというほうがよいだろう。どこかのオフィスならば固定された知り合いのみとなるし、信頼している人だけになるということもある。

第2章　会話をする

いろいろな人と話をしていくこと

コミュニケーションと生活

もともと人嫌いだという場合は、仕事をするのに支障がないとはいえないが、覚悟して仕事をするしかない。仕事をするとなると、人とのコミュニケーションは欠かせない。それは日頃の生活でもコミュニケーションは重要でもある。コミュニケーションによって円滑に回るということもあるし、どういう人であるかというのもはっきりとしてくる。何も喋らないとどういう人であるかもわからない。

しかし、何か喋ると何かが起こるということもある。

口が悪い人などはコミュニケーションによって壊してしまうということもある。それならばいっそのこと話さなければよいという結論にもなってくる。そういうことを恐れないならば、コミュニケーションによって円滑に回るということも多い。

仕事などをしていると、話さないとわからないということも少なくない。しかし、わかってくれるだろうというのは、あまり期待しないほうがよい。きちんと説明していくことが必要である。

わかってくれるだろうと思っても、意外に勘違いも多い。そういうことになるとやっかいなものである。

勘違いを正すためにいちいち説明していなかなくてはならない。そうではないということをわかってもらう必要があるからだ。

コミュニケーションは家族には要らないのかというとそうでもない。必要なことは話さなくてはならない。

何か行事などがある場合も楽しくするためにいろいろ話すことも多い。全くコミュニケーションを取らなくてよいという場合はかなり少ない。

毎日の生活の中で話すということはとても大切なことである。

必要な事柄があったらそれに関することを話す必要もある。言わないとわからないという場合も多い。言わないでもわかってくれるだろうという考えも多い。

しかし、言わないとわからないという場合のほうが圧倒的に多い。仕事などをしていても、言わないとわからない。

一方、余計なことを言ってしまって失敗するということもある。余りにもいろいろなことを言ってしまうと、失敗することもある。

雑談をたくさんするということは毎日を楽しくするためには必要であるが、時にはうるさいこともある。

テレビを見ているのに何か話しているというのは、見ている人からすればとても嫌なものである。集中して見ているのに脇でうるさいというのは、嫌なものかもしれない。

必要な事柄を言うということはとても大切なことであるが、それを言わないとわからないし、重要な出来事が流されてしまう。

日々の生活の中で大切なことを実行していくには何か話すということはとても大切なことである。

余計なことを言ってしまって訳がわからなくなることもあるかもしれない。

話合いをすることが理想であるが、中々そうはいかないことも多い。

意見を言って了承されることが必要な場合もあるが、了承されない場合も多い。意見がぶつかることもあるかもしれない。

世間話をしていくということは楽しむためには必要であるが、それができない人もいる。

生真面目に話してしまうという人もいる。

コミュニケーションではそういう雑談も重要である。雑談の内容は色々あると思うが、世間話が一番安心である。

他人のことを言うというのはあまりよくないのかもしれないが、世間話をして行くとどうしても他人が出てしまうこともある。

意見を言ってそれについての反応を見るというのも１つの方法でもある。

自分ではわからないこと、人の意見を聞きたいことなどは、言ってみるのもよい。

雑談の内容までもこだわる人もいるが、日ごろ話す上ではあまりこだわって欲しくない。気軽に話しているのだから、あまりそこまで言って欲しくない。

雑談は世間話が多いのが実状であるが、もっと真面目な話も必要である。

必要最低限の会話というのは絶対的に必要なもので、話さないで生活するというのは不可能になっている。

しかし、必要なことは話さなくてはならないというのがわかっていない人もいるので、そういうのは困る。上手く回すためには、話も必要である。

家族との会話でも何か重要なことがあればきちんと話さなくてはならない。日頃は雑談が多いのかもしれないが、重要なことは話さなくてはならない。

そうしないと、物事が進展しないということもあると思う。余りにも話過ぎるともはや聞いてくれないという事態にもなる。

こう言っていたという風に覚えていることもある。それだから、余りにも話過ぎるというのは辞めたほうがよいのかもしれない。

自分が楽しいことを話すというのは面白いが、聞いているほうはうんざりすることもある。

お喋りな人からすれば話をすることは当たり前のことかもしれないが、そうではないという人もいる。

1人暮らしの人などは話をする相手がいないので、あまり慣れないという人もいるかもしれない。

1人で誰もいないとなると独り言になってしまうが、それでもよいという場合もある。

しかし、1人でものすごく話していたらそれは変な人になってしまうかもしれない。それでもよいという人もいる。

テレビがあるとそればかり見てしまい、話などしないという場合もあるが、テレビは嫌いな人もいる。敷居が高いという人もいる。

それだから、みんながテレビを見ていると勘違いをしている人もいるが、そればかりではない。

とにかく話をしたい人もいる。話の内容までこだわる人もいるが、あまりそれはして欲しくない。嫌なことを言ったとか思う人もいるが、不可抗力でしょうがないときもある。

話の流れでそう言ってしまったということもあるので、細かいことはあまりこだわって欲しくない。

言いたいことがあれば言うということが多いが、言いたいことがない場合はあまり話さない。

無駄なことを言って混乱してしまうのも嫌である。要点を簡潔に言って、混乱を避けたい。

あまりたくさんのことを言ってしまうと何を言っているのかわからないという事態にもなる。意味がわからないという風になることもある。

言いたいことを簡潔に伝えるのはとても大切なことである。

あまり難しい用語が多くても、意味がわからないという風になる可能性が高い。

わかりやすい言葉で簡潔に伝えるのが一番よい。

言いたいことを言わないでおくということも多い。何か不都合があったらいけないと思い、言うのをためらうことというのは意外に多いものである。

その結果いい具合になるということもあるので、きちんと言葉を考えなくてはならない。変なことを言ってしまって、あとで後悔するということはなるべく避けたい。

言ってしまったらもう終わりなので、慎重に言葉を選びたいものである。

言いたいことをすべて言っていたら、それはただのうるさい人になってしまうこともある。あまりにも言いすぎてもはや聞いていないという事態にもなる。

伝えること

しかし、必要なことは簡潔に伝える必要もある。

いろいろ言ってしまって、何が言いたいのかわからないという風になることもある。たくさん言ってしまうと結局何が言いたいのかわからないということにもなる。

言いたいことが伝わるということも重要なことである。雑談をするという風に決めて、世間話を始めるときは、重要なことを言いたい場合と分けていう必要がある。世間話と重要なことを混ぜて言ってしまうとなんだかわからなくなる。世間話をするのは楽しいので、言ったら反応も面白い。こんなことを言っていたという感じに覚えられることも多いと思う。

しかし、日ごろの生活では、いろいろ言うことも多いので、いちいちこんなことを言っていたという風に覚えるのは辞めたほうがよいかもしれない。

とにかく、日ごろの生活ではいろいろ言うということも多いので、あまり気に留めないことも重要である。

しかし、必要なことは言わなくてはならないので、それはきちんと聞いてあげる必要があるだろう。

何か言いたいことがあるという場合はすぐに言ってしまうか、もう少し考えてから言うか迷うことがある。

言葉を選んで言わなくてはならないということも多い。変なことを言ってしまったら、取り返しがつかないという場合も多い。

とにかく印象を良くしたいというのがあるので、変なことを言ってしまったらよくない。

言いたいことがあるという場合、すぐに言ってしまうことが多いが、それでは失言もあるだろう。

失言になってしまったら取り返しがつかないということも多い。

この人はこういう人というレッテルを貼られてしまうこともあるだろう。

そんなレッテルを貼られてしまったらそれを取り返すことは難しい。時間が経たないと元に戻らないということもあるだろう。

たくさん言葉を言って、うやむやにするという方法もある。何を言っているのかわからないという感じになるまで言って、うやむやにするという方法もある。

いろいろなことを言っていると何を言っているのかわからないという場合もある。

とにかく言いたいことを言っているので、言っているにもかかわらず、何も伝わらないということもある。

それではせっかく言っているのに無駄なことである。そんな場合もあるかもしれないが、とにかく簡潔に言っていると高確率で伝わる。

言いたいことを我慢して言わないこともある。それは、相手が嫌がることを察知するからである。

楽しく人の話を聞いている場合は、たくさん言ってしまうこともある。

しかし、嫌がる場合は言わないでおくことも多い。嫌がる場合を察知していると全く何も言わないということもある。

それは自分が何も言わないということになり、辛い場合もある。

自分が、何か言う気が全くない、そんなこともある。

何か言う気が全くないと、無言のまま1日が過ぎてしまう。どちらかと言うと、あまり話すほうではないので、そんなこともある。

しかし、歳を取るに従って、お喋りになっているような気がする。

若い頃はあまり何も言わないということも多かったが、歳を取るに従ってかなりいろいろなことを話すようになっている。

面白いことを言っているつもりではあるが、相手が嫌がる場合もある。

自分では面白いことを言っているつもりが、全く面白くないと思われることも多い。

また、相手が有利になるようなことを言うことが多い。とにかく言葉で助けることができたらいいな、という思いから、そういうことを言うことも多い。

自分ではわからないことを言ってあげるのはとてもよいと思う。不完全な場合も多いのでそういう場合は言葉によってわかることもある。何か話をしていると、わかるということも多い。決して無駄なことではないのである。

言わないとわからないということも多いし、わかってもらうには言ったほうがよい。自然にわかるのではないかと思っていても、そうではないという場合が多い。自然にわかると勘違いをしている人も多い。

しかし、人はそんなに知らない。もちろん詳しく知っている人もいるが、そんなに知らないという人も多い。

その場合は言わないとわからないということにもなる。言わないとわかってもらえないという場合が多いので、知ってほしいことは言ったほうがいい。

知らないという場合もかなり多いので、言ってしまったらお終いということもある。

話すということは話しているほうも楽しいもので、聞いているほうも楽しいものである。

厳しいことは全く楽しくないが、面白い話は聞いているほうも楽しいものである。

毎日、夫にいろいろな話をしているのだが、一応聞いてくれている。聞いているのも楽しいらしい。

世間話をしていることが多いが、自分で何を言っているのかあまり覚えていない。責任感が全くないようであるが、あまり覚えていない。

面白いことを言っているつもりではあるが、時には気に入らないことを言ってしまうこともある。所謂失言だが、自分では面白いつもりである。

失言は時には重大な問題を引き起こす。

仕事などで、失言をしてしまうと取り返しのつかないこともある。

あまり話さないのに失言をしてしまうと、もうそういう人だと思われる。

とにかくたくさん話している場合は少しの失言も気にならないが、あまり話さない場合はそれが取り返しのつかないことにもなる。

失言によって問題が起こって、良い方向へ進まないという場合もあるだろう。

たくさん話している場合は、そのようなことはあまりないかもしれない。

面白いことを言っているつもりでも、たまには失言もあるかもしれない。楽しく会話をしている場合はあまり気にしなくてよいが、一方的に話す場合は、失言は気になるものである。

楽しく会話をすることは日常生活の中でとても楽しいものであるが、その内容は覚えてしまっていることが多い。こう言っていたという風に覚えてしまっているというのは多いものである。

何を言っているのかというのは聞いているほうは覚えてしまっていることは多いだろ

う。それを考えると、あまりいろいろなことを言ってしまうというのは気が引けるかもしれない。

聞いているほうは覚えてしまっているというのは、その聞いたことを、また、誰かに言うということは多いかもしれない。

面白いことがあって、それを人に言うというのは、聞いているほうも楽しいので、知らないことを聞いたらば尚更面白いものである。

もう聞きたくないと思うこともあるかもしれないが、それはもうお終いである。

その場合はあまり言わないという方法を取らなくてはならない。しばらく何も言わないとか、言葉を少なくするとかそういう方法を取るべきである。

面白いことを言っているというつもりが、聞いているほうは面白くないという場合もある。それはもう、うざったいだけである。

返事をしないから嫌になるのである。返事をしないと一方的に話をすることになる。一方的に話しているのでうるさいと思われることも多いだろう。

それは、返事をしない当人がいけないのだが、返事をしないので、聞くだけになってしまう。自分でも話をすればそういうことにはならない。

楽しい話でも一方的に話されたら、嫌になるものである。その場合は返事をしてあげるとよいのだ。そうすると楽しい会話になっていくので、よいだろう。

日頃の生活での会話

一方的に話すこと

面白いことを言っているつもりでも一方的に話している場合は、うるさいと思われることも多い。もう嫌と思われてしまうこともあるだろう。

嫌と思われてしまったら、もう話すことを辞めるしかない。

それ以外には話題を面白いものにするという方法もあるだろう。一方的に話すということは、気持ちの良いものではない。

返事があって、初めて会話が成立するので、返事がないと寂しいこともある。返事をするのが面倒くさいという風になってしまったら、それはもうしょうがない。

返事をしてあげないと、会話にならない。

一方的に話すというのは話をしているほうは面白いのかもしれないが、聞いているほうはだんだん、うるさい、という風になるということもある。楽しく聞いているというのはよいかもしれない。楽しく聞いているというのは話しているほうも嬉しいものである。

面白い話をしているつもりでも面白くないという場合もあるが、大抵は面白い話をしていたら面白い。そうすると、聞いているほうは楽しい気分になっていいものである。返事をしてくれないと嫌だというのは誰でもあると思うが、いつも返事をしてくれる訳ではない。

返事がないと悲しいというのは、怒りにもなってしまうことがある。返事がないと言って怒るということはよくあることである。

話すことについて、内容まで限定されてしまうというのは、あまり面白くないかもしれない。

仕事で話をする場合は、内容が限定されることが多い。話の内容は仕事に関するものに限定されるものである。

話の内容を限定してくるという人もいる。この話題は嫌だということもありえる。この話題は嫌だということがあったら話すほうは大変である。

日頃、大抵は面白い話題にすることが多いと思うが、事情があって、話題が真面目なこともある。

相談したいという場合もあるので、その場合は意見を聞く。

相談したいのにできないという場合もある。全く、話にならないということが起きて、相談にならないのである。

しかし、そんな真面目な話は嫌だという人もいる。会話にならないという場合もある。返事をしないので、会話にならないのである。

一方的に話をすることになる場合もあるので、その場合は全く相手の意見が聞けない。相手がどういう風に思っているのか全くわからないのである。

言葉の裏側を憶測するということも必要なことがある。なぜそれを言っているのかというのも探らなくてはならない場合もある。

なんのためにそれを言っているのか、必要だから言っているということがある。その場合は、なぜかというのがわからなくてはならない。その意見を聞いて今後よくなるようにしていかなくてはならない。

一方的に話をする場合はうるさいという風になることもある。意見を言いたいという場合もあるので、言っているほうは必要なことを言っているのかもしれない。

余計なことを言っているということもあるが、必要なことを言っている場合も多い。余計なことというのは、世間話であったりするので、楽しい場合もある。世間話をするのはとても楽しいということもあるので、一概にうるさいという風にはならない。

会話になっていれば、うるさいということはないので、安心である。

返事が来ない場合はうるさい可能性が高い。返事を全くしないというのはどういう心情なのだろうかと考えたとき、単純にうるさいだけであると思われる。

返事をすればそういう風にはならないのに、返事をしないのである。

返事をすれば余計な話題であっても楽しいものになる。それがわかっていないから、返事をしない。

返事をすれば楽しいものになるということが全くわかっていないのである。

勘の鋭い人であればそういうことはすぐにわかる。わかっていない人はただうるさいだけになってしまう。

とにかく返事をしないと、一方的に話をすることになる。返事をして会話になるととても面白いものになる。

何が返ってくるのかを楽しみにして、会話を楽しむということができる。

会話の内容は、世間話をすることが多い私であるが、世間話に乗ってこないというのは悲しいものである。世間話を楽しくしたいと思って、話をしているので、楽しくなければ悲しい。

今日こんなことがあったとか、今日あんなことがあったとか、そういう他愛もないことを言っているというのが、自分は楽しい。

真面目な核心を突くような話はあまり面白くない。

真面目で核心を突く話をしなくてはならない場合もあるので、面白くないからと言って、話をしないというのはあまりよくない。

そういう場合でも真面目に話をしていかなくてはならない。

自分の意見がかなりある方なので、自分の意見を言いたい場面も多々ある。こうではない、と思うこともかなりある。

人それぞれの意見があるので、自分の意見が違う場合もかなりある。

自分の意見を言っていくことに関しては、あまり反感を買ったことはない。反感を買うどころか頭が良いと思われることのほうが多い。

普通、自分の意見ばかりを押し通すというのは反感を買うのではないか、と思うが、あまりそうではない。

あまり大したことも言わないことのほうが多いので、たまに意見を言うと、よいほうへ向かう。

いつもは世間話ばかりをしているので、意見などはあまり言うことはない。しかし、たまに自分の意見を言うと、それを利用していこうという感じになってくる。反感を買うのではないかと思っている人も多いと思うが、あまりそうではない。きちんと説明した上で意見を言うというのはさらによいものになる。

説明の必要性

説明してみると、納得することができるという場合も多い。説明がないと、なぜそうなのかわからないという場合も出てくる。

説明をきちんとするということは中々できることではないが、重要なことの場合はしっかり説明しなくてはならない。

説明が上手いという人は、そういう場合にも活躍することができるが、そうではない場合は中々難しい。

きちんと相手に伝えるということが大切なので、理解させなくてはならない。

伝わらないという場合はどうにもならない。

わかる説明をするということがとても大切である。

ものすごく言っていることが難しいということもあるので、そういう場合は理解できないということも出てくるかもしれない。

説明をして相手に伝えるということが大切なのである。

重要なことを伝えなくてはならないということもあるので、説明はとても大切である。

重要なことは言わないと伝わらないので、上手い説明をして相手に伝える必要がある。

あまり難しいことを言ってしまうと、全くわからないということにもなりかねない。

だから、伝わる言葉で説明をすることがとても大切である。

日頃の生活の中で、これは言っておかなくてはならない、ということも出てくる。

わかってもらわなくてはならない、そういうこともある。そういう場合は上手い説明をして、わかってもらう必要がある。

会話をしていく中で内容が重要になってくる場合もある。内容が嫌だということもある。仕事なのに全く違う話題をしている場合もある。

とにかく話せばよいという考え方もあるが、内容までもが重要になってくる場合もある。無駄な話をしていると時間ばかりが過ぎて、大切なことが伝わらないこともあるだろう。無駄な話をして楽しむこともよい。

あまり余計なことを言ってしまうとよくないという場合もある。余計なことを言ってかえって面倒になってしまうということも起こる。

無駄なことばかりを言うと見られている場合もある。この人は仕事なのに無駄なことばかりを言うという風に思われてしまうこともある。

しかし、何も言わないよりかは、無駄なことであっても何か話をしているほうがよいという場合もある。

世間話をしていることが多い私であるが、そんな余計なことを聞きたくないと思われることもある。

知らないことを言ってくれるという人は重宝される。自分が知らないことを言ってくれるというのはとても有難いことである。

第3章

毎日を楽しみながら
いろいろ行動していくこと

収入を得るために行動する

ＣＤを制作すること

すべてを疑うという人もいるかもしれないが、そんなことをしていたら会話にもならない。

人はそんなことはしないと思っていたほうがよいので、嘘を言うということをしない。だから疑う必要もない。

そんなことをしないと思っていたほうがよいのである。

例えば、ＣＤを売るとして、買う人がいるかと考えた場合、そんなことはしないという考えを元にすると、あまり売れないという結論になってくる。

さらに考えると買わないということをしないので多少は売れるだろうという結論になってくる。

買う人と買わない人がいるというのは一目瞭然なので、それがどれくらいなのかを予想しなくてはならない。

ＣＤの総売上が約３０００万枚というのが最高の値であるので、それ以下であろうというのはわかる。

ただ、買う人と買わない人がいるというのはわかっているが、どれくらいかを予想するのはかなり難しい。

それがわからないと、初回プレスの枚数の決定もできないのだが、私は、とにかく初回は少なくしている。

売れてからプレスをするという方法で、初回は少ない。

本で言うと初版ということだが、ＣＤの場合はそのようなものはない。ないので、どうすればいいのか全くわからないものでもある。

初回プレスという風に言って、枚数は少なくしている。

しかし、熱心なファンが多い場合は、発売初日がとても売れる。そうすると初回を少なくする訳にもいかない。

売れないというのがわかっている場合は、初回を少なくする必要があるが、売れるのがわかっている場合は、初回からプレスは多い。注文が入ってからプレスをすればよいのであるが、まず初回は少なめにプレスをする。例えば、1000枚をプレスすると10万円くらいはかかる。それだから、それだけの経費はかかるものである。経費がかかるが売れればそれは売上に変わる。利益になってくるのである。

これで生活して行くという人もいるが、売上で収入が決まるので、それでは生活できないと私は思った。

売上だけで収入が決まり、それで生活しなくてはならないというのはかなり無理がある。もちろん沢山売れて、収入も多いという場合は平気である。しかし、1人で生活しなくてはならないというのは、年間120万円はかかり、20年だとすると2400万円である。

そんなのは、売上からの収入では到底無理という場合も多い。

塵が積もれば山となるということが多いので、そんなにかかる場合は、生活は無理である。

そういうことを考えて、CDや本の売上で生活しようとは思わなかった。

そんなに売れる自信などないので、売れるとしても多少であろうと思っている。万が一、たくさん売れるという場合もあるかもしれないが、それは万が一である。

そういう場合ももしかするとあるかもしれない、というのは思っているが、確実にあるとは思っていない。

もしかするとあるということは、それなりの企業でなくてはならないと思う。

しかし、生活のためにそれを目指していくということはやりたくない。まず生活ができない可能性があるし、目指すとしても駄目な場合もある。

そういうことに期待していくよりも、まず仕事などをして生活を安定させてから、その上で活動していくのがよいと思う。

時間で区切れば活動は可能であるし、できないことはない。時間で区切ればいろいろな活動をすることができる。

仕事などをしていても、時間で区切れば何でもできる。

生活のために仕事をするわけであるが、アーティスト活動もしたいものである。アーティスト活動をしながら仕事をして、文筆業もする。

こういう生活になったのは、つい最近のことで、まだ何年も経っていない。ＣＤをつくったりすることは２００２年頃からしているのだが、あまりモチベーションが高いわけでもなかった。だらだらと続けていたというのが一番合っている。

ＣＤをつくるときに困ったのが、ジャケットの作成である。

イラストレーターというソフトが一番なのだが、なにせ値段が高い。

そこで、それに代わる、無料のドローイングソフトを使ってつくることが多かった。

ＣＤをつくると、１００枚くらいは最初につくるので４万円ほどはかかる。それを売って、経費を帳消しにしなくてはならない。

売上は数十万円くらいあったが、経費がかかっているので利益はゼロである。

無料のダウンロードは７万円くらいあった模様であるが、それはすべて無料である。

アルバイトと仕事

ユーチューブでの動画の公開もしている。広告料が一応入る仕組みにはなっているが、全く収入にはなっていない。ユーチューバーが、どれだけ稼いでいるのか知りたいものである。私については全く収入にはなっていないからだ。

モチベーションが低いと思われているかもしれないが、なにせ経費がかかるので、そんなに頻発することはできない。

経費をかけないで活動できたら言うことはない。

一番経費をかけないで済むのは無料公開である。その代わりに収入は全くない。

活動するのは経費がかかるというのはここ何年かやっているうちにわかったことでもあるので、最近では通勤の仕事もしている。19歳の頃からアルバイトなどを始めていた。

最初のアルバイトはファーストフードだった。何もわからず、8時間くらいのアルバイトをしていた。

8時間もアルバイトをしているので、とてもきつかった。これは仕事をしていくのは大変だなと思った。

ましてや20年とか40年とかこれから仕事をしなくてはならない、そう思ったら気が遠くなった。

きついのにそんなに仕事をしていかなくてはならないというのは無理のような気がした。

それならば仕事は夫に任せて、私は主婦になろう、そう決めた。

主婦になったら時間もあるし、音楽などもすることができる、そういう計画を立てた。

一応そういう計画は立てたが、とりあえず大学に行きたいということで、浪人をして大学に入学したのだ。

しかし、その頃の自分の貯金は２００万円ほどで、学費を払えるほどはなかった。

奨学金というのも考えたが、絶対返すことができないだろう、と思った。

家の家計もひっ迫していた。母はパートに出るようになった。弟もいるので学費がものすごくかかる。

しかも、私が入学した音大は学費がものすごく高い。これは無理だ、そう思った。

それならば一旦中退しようと考えた。また改めて編入などをしてもよいので、一旦退学することにした。

そう考えて退学したものの、今まで大学は中退のままである。主婦になるという計画はそのまま持っていた。

しかし、まだ若いというのがあったので、あまり焦ることもなく、仕事などをしていた。

その頃はもうアルバイトの募集なども多く出ている時代だったので、仕事を探すのは大変ではなかった。

しかし、自分の考えでは、あと20年とか仕事をしなくてはならない、というのがあって、あまりやる気も起きなかった。

あまりやる気も起きないので仕事をすぐに辞めてしまう。

まだ若いというのがあったのでそれでもあまり気にしなかった。

仕事はいろいろなことをしてもらって、トレーニングをしてもらって、ファーストフードはトレーニングをしてもらって、

やっとレジをすることができた。始めは何が何だか全くわからなかった。

1つずつ教えてもらって、接客の挨拶から、レジの操作まですべて教えてもらった。

初めての仕事は、新鮮だった。

学校とは違って、大人の社会だった。

しかし、学校にも通じるものもあった。学校のようにいろいろな人がいる。お喋りな人もいれば無口な人もいる。

仕事を頑張っている人というのはすぐにわかった。反対に適当に仕事をしているという人も多くいた。

ただのアルバイトであったが、初めての世界で、とても面白かった。

学校では友達が多くいたが、仕事ではあまり親密な友達はできなかった。

生活のために仕事をするんだなとそのとき思った。

遊びに行っているわけではない。生活のために仕事するわけである。

しかし、そうではない人もいる。

仕事をしないと、時間を持て余してしまうとか、とにかく何かしていたい、人生は仕事だ、そんな人もいる。

必ずしも生活のために仕事をするのではない。

多くの場合は生活のためであるのは確かである。生活を豊かにするために、もっと高い給料がよいと言って、仕事を変えてしまう場合もある。

今の仕事で我慢していく人もいる。ほとんどの場合は生活のためであるが、それを感じさせないというのも面白い。

反対に苦労が滲み出ている人もいる。苦労をしているために考え方が変わってしまった人もある。

大人1人が生活するためには最低でも10万円は欲しいところであるが、それを仕事で稼いだとしても少ない給料だと、貯金をすることがあまりできない。ギリギリの生活を送るというのはとても大変なことでもある。

しかし、給料がとても高いという場合はあまりないので、普通は少ない給料の中で頑張って生活していくものである。

仕事を始めてから最初はお弁当をつくっていたのだが、お弁当をつくると、1回で

４００円はかかってしまう。

それならば、お弁当を買っていったほうがよいと思って、そうなった。

何せかなりお弁当を持っていくことが多いので、１か月にすると、結構かかるものである。

日頃の生活で考えること

日々の生活費のこと

そういうことがあるので日々の生活の中で、なるべくお金をかけないようにするということは実践している。

塵も積もれば山となるであるので、少ない金額でも、１か月にすると、かなりかかってしまうことがある。

１か月でどれくらいかかるかを、エクセルで付けているのであるが、これは一目瞭然である。

金額がはっきり出てくるので、あやふやな感覚ではない。しっかりと金額を目にすることができる。

これはとてもよいものである。あやふやな感覚で金額を考えているだけではないので、収支がはっきりする。

収支がはっきりするとどれだけ貯金ができているかとか、これからどれくらい必要なのかなどがわかってくる。これはおすすめでもある。

日々の家計をエクセルに付けるにはレシートが必要である。

レシートをエクセルに付けるのである。これで、漏れなくエクセルに付けることができるので、とてもよい。

レシートをエクセルに付けるとどれだけ買い物をしていたのかわかる。

食費は月4万円の予定であるが、大抵は5万円を超える。大人2人で月4万円の予定である。その他、光熱費や管理費などが月6万円、雑費や衣類などの費用は月6万円である。

1か月で、大人2人であるが、最低でもこれだけかかるので、これだけの収入はなくてはならない。

感想としては、あまりかからないものだなという感じであるが、少し変則的なことがあればもっとかかるだろう。

こういうお金の流れをすべてエクセルに記載していく。そうすれば1年でどれだけかかったのかとか、すべてが一目瞭然である。それを踏まえて日々の生活をしていけば、お金の心配はあまりない。

１か月でどれだけかかるのかは記載したのを見ればすぐにわかる。

１００円などの少額もすべて記載していくので、１か月分を付けると、たくさん買い物に行っていたのがわかる。

大抵、食費は５万円くらいであるが、その他の費用もある。美容院であるとか歯医者であるとか、交通費であるとか、その他の費用もある。

私は、車を持っていないのでその費用はない。免許は持っているのであるが、車は買っていない。

大きな出費である、車の費用がないのは、とてもよい。車は年間にすると50万円くらいはかかるものである。それだから、その費用がないというのはかなり楽である。

１回食料品を買い出しに行くと３０００円くらいはかかるので、１か月に何回か行くと５万円はかかるのである。

最近ではコンビニにも行く。コンビニでいろいろなものを買うのだが、私はほとんど毎日行っている。

毎日コンビニに行って、1か月では22000円かかっている。毎日行くのでこれくらいはかかるが、そんなに行かない人はもっとかからない。

コンビニでは食料品も買うので、食費に含まれるものである。毎日のようにコンビニに行って、それしかかからないというのは嬉しいものである。

コンビニは高い、と言われることが多いが、物価の高い首都圏であると、全国規模のコンビニは安いのである。200円もあればおにぎりが買えるし、言うことはない。

コンビニは高いと言われることが多いが、私はそうは思わない。むしろコンビニ食は安い。

美味しいものが多いが、人によっては、コンビニ食は酷いと言う人もいる。

コンビニばかり食べて、と言われることもある。

お年寄りなどはすでに調理されているものが多いので、コンビニがよいかもしれない。

コンビニには本なども売っている。ちょっと欲しいものというのは結構置いてある。こんなによいことはないといつも思っている。

私が高校生の頃、私の行動範囲の中にはコンビニはなかった。お昼を買うときは、いつもパン屋で買っていた。コンビニの数がまだ少ない頃である。これぞ日本式、と海外の人は言うかもしれない。しかし、コンビニがあることでたくさんの恩恵を受けている。

必要なものはすぐに手に入る。苦労をしなくても手に入るのである。日々の生活で、手に入れることが大変であったら、やっていけないものである。忙しいので、そんな暇はない。暇がある人ならば苦労して手に入れてもよいかもしれないが、忙しいので、それは大変である。

人に会うこと

コンビニに毎日行くと、レジの人とお話することがある。レジの人の顔を覚えてしまうことが多いが、顔見知りみたいになって、世間話などをするのは面白い。

アルバイトでレジをしていたとき、お客さんは１日に２００人ほど来るものであるので、顔を覚えている人もいるが、覚えていない人もいる。

200人とそんなにお話はできないので、大抵はすぐに終わらす。何回も来る人は顔を覚えてしまうものである。

1回しか来ないという人はあまり覚えていない。

1日に200人は会うということなので、嫌ならばやることができない。

そんなに会えるから嬉しいという人にとっては天職である。

私は前者であるので、あまり続けることができない。3か月もすれば嫌になってくる。

1日に200人も会うというのは1か月で延べ6000人ほどになるので、これはかなりの人数である。

洋服はとにかく安いものを探す。なにせ、枚数が欲しいので、あまり高いものは買えない。1000円以下というものがあればそれにする。

インターネットではそういう安い洋服などもたくさんある。安い洋服が不安だという人は駄目かもしれないが、私は全く平気である。

インターネットで買い物すると、送料がかかることが多い。この送料を節約するためにまとめて買うというのがいいのかもしれない。

ネットのショップは、発送するために人手がかかっている。

第4章

今まで経験してきた仕事

仕事は楽しい

仕事の内容などについて

就職先としてそういう発送の仕事をするというのも、1つの手である。

普通の店舗では1日にお客さんが200人以上は来る。それは売れている店舗についての話であるが、もし1人が1000円の買い物をして、200人来たとしたら、20万円の売上になっている。

アルバイトを時給1000円で雇って、8時間いたら、1日の給料は8000円である。

こうやって考えると、意外と店舗は運営できるものである。

人件費がかなりかかるのではないかと思いがちであるが、1日8000円で10人雇ったとしても、1日にかかる人件費は8万円である。

アルバイトでの雇用が増えるのは、あまり人件費がかからないからである。

例えば、1日の売上が1000万円であったとしたら、10人雇った場合、8万円しかかからないので、ものすごい利益である。

アルバイトでレジをしていたことがあるが、とにかくお客さんはたくさん来る。売れている店舗であったからかもしれないが、ものすごくたくさんの人が来る。

４時間くらいしかいなかったときでも、１００人くらいは来ていた。お客さんのほうはそんなことはわからない。

そんなにお客さんが来ていることがわからないので、いちいち話かける人もいる。そんなにたくさんの人が来ると目まぐるしいので、とても大変である。

トラブルなどがあったら、それはとても大変なことである。

お客さんが突然怒り出したということもあった。隣のレジの人は泣いてしまうし、これは大変ということで、上の人に電話して来てもらった。

とにかく謝って、帰ってもらったが、そういうこともあるのである。

アルバイトをしているといろいろなことがあるが、嫌なことがあるとすぐに辞めてしまう。

年齢が若かったせいもあるが、どうせ先が長いので、今辞めたとしても、またやればよいと考えて、すぐに辞めてしまうことが多かった。

そんなにすぐに辞めてしまうというのは、引け目に感じることもあったが、結果、それは良いことだった。

とにかく先が長いので、すぐに辞めてしまっても、平気であったし、結果は良かった。

逆に、20年とか働くというのは、ものすごく大変なことでもあるので、平気であるかもわからない。

高校生の頃、20年とか働くというのは、とても気が遠くなることでもあった。

これから20年とか働かなくてはならないと思ったら、とても嫌になった。それはとても気が遠くなることでもあった。

それだから、すぐに辞めてしまっても、3か月とかそういうスパンで働いて、しばらく休んで、また働くということをしていた。

とにかく時間が長いので、20年とか30年とかずっと働くというのは嫌なことでもあった。

別にお金に困っているという訳でもなかった。もしお金に困っていたら、ずっと働いていたと思う。1人暮らしをしている訳でもないし、夫がいるので、平気であった。

極度の貧乏というのは経験したことがない。小さい頃から今まで、そんなに貧乏になったことはない。

ということはこれからが問題ということである。歳を取ってからの貧乏というのは、とても惨めなものであろう。

今までは平気であったが、そうなっていく可能性は十分ある。しかも、歳を取ってくると、体の不調もいろいろ出てくるだろうし、働くこともままならないという風になるかもしれない。

40年生活していて、今までいくらくらいかかったのだろう、と考えることがある。

小さい頃に思ったのは、一生で3億円かかるということである。これは切り詰めればもっとかからないのかもしれないが、大きく見積もって、そのくらいであろうということである。

まだとても小さいのにそんなことを考えていた。一生でいくらかかるのだろう、それが問題であった。

そんなにかかるのならば1人では無理だ、そう思った。とにかく結婚をして、1人ではやらないということにした。

それに男性の力を借りたほうがよいとも思った。

今までいくらくらいかかったのかというのは定かではない。

自分で働いて、それを出していくというのは無理であると思った。

幸いなことに、私は女性であるので、結婚すれば扶養に入れる。男性でも可能ではあるが、女性がそんなに稼ぐということは少ない。

女性の立場からすると、女性の年収というのは低いというのが実感である。

稀に女性だから年収が高いという場合もあるらしいのだが、私の実感は女性の年収は低い。

私の最高月収は20万円である。それ以上はいったことがない。

もし子供などがいた場合、月収は50万円くらい欲しいものである。

歳を取ってきて、もう諦めて、働くという風になってきた。

例えば時給1000円で8時間労働で、1か月で20日働くとしたら、16万円の給料になる。

もし1人暮らしをしていたら、それで十分生活できるものである。

それだから正社員にこだわらなくても、時給1000円のアルバイトであったとしても、生活はできるものである。

もちろんそれはギリギリの生活であるが、可能なことである。

しかし、ここで考えなくてはならないのは、例え16万円の給料だとしても、社会保険に入っていた場合、12万円くらいの手取りになってしまうということである。もし正社員で給料が18万円だとしても、手取りは14万円ほどになってしまう。

それで日々の生活をしていかなくてはならないというのはとても大変なことでもある。日々の生活が大変なので、トラブルなどはとても嫌である。

余計なトラブルはとても迷惑なことである。

働くということに対して、憧れがあるが、実際働いてみると、ものすごく大変なことであるというのが実感である。

１人で働く訳ではないので、とにかく職場には人が多い。人間関係のトラブルなども日常茶飯事である。

それだから、私は、とにかく人とは話をしておけばよい、という方針でやっている。

人間関係のトラブルは場合によっては取り返しのつかないこともある。

しかも、こちらが何かできるわけでもないので、ほっとくしかない。

何か言ったところで変わるわけでもない。わかっていないという人も多いので、ほっとくしかないものである。

それだから、自分ではあまりそういうことは起こさないようにするという方針である。自分からはそういうことをしない、というのがまずできることでもある。

しかし、働いていると、競争社会でもあるので、わざわざそういうことをする人もいる。これがとても困るものである。

しかし、トラブルがそんなに多いと仕事に支障が出てくる。なるべくそのようなトラブルはないほうが、円滑に回る。

仕事上でのミスなども迷惑なものである。人数が多いのにミスが多いと、とんでもなくなってしまう。

ミスというのはヒューマンエラーなのであるが、これは防ぎようのないものでもある。とにかく確認させるというのは方法であるが、わかりやすいようにすればよいのかもしれない。

仕事の作業をしているとちょっとした失敗などもある。これも防ぎようがない。重要なものだと大変なことになることもある。

ミスは多いと駄目だが、少しぐらいならばしょうがないというのはある。

ミスのことが人に伝わってしまうとこの人は駄目だと思われがちである。

仕事と失敗について

アルバイトなどをしていて、作業中のミスは辞めなくてはならないこともある。

店長が大赤字を出してしまったとかそういうこともあるが、その場合も辞めなくてはならない。

大きな事態にならなければ、しょうがないで済むことが多いかもしれないが、大きなことになってしまったら、これは大変である。

ミスを責める人もかなりいるのだが、たくさんの仕事をしているとしょうがない部分がある。

すべて完璧にこなすという凄い人もいるかもしれないが、そのようなミスは多い。簡単なミスならば、少し直せば元に戻るということもある。

ミスを防ぐために、わかりやすくしてみるとか、複雑にしないようにするとか、いろいろ方法はある。声に出して言ってみるとかそんな方法もある。

仕事をしていて、人とのコミュニケーションはとても大事である。

話題が仕事の内容だけとは限らない。世間話もするし、噂話もする。そういうことをしていくことで、円滑に回るものである。

コミュニケーションの中で、相手に同調していくというのは大切なことでもある。

反対意見を言ってしまうと、そこで終わってしまうし、あまり印象も良くない。

同調して、話題を発展させていくというのが理想である。

情報の共有などもとても重要なことである。情報の共有をするためには、話をしていくのが一番である。

自分で持っている情報を人に伝えること、人から情報を聞くこと、これを繰り返すことで、仕事に対して、重要なこともわかるのである。

仕事を円滑に回すためには、ミスはとても迷惑なことである。

ミスがあると、円滑に回らない。

情報の共有をしていく中でのミスというのもある。間違えた情報を仕入れてしまうということである。

それは自分で精査して、正しい情報だけを信じていく必要がある。

これは間違いだなとかわかっている必要がある。

正しい情報だけを仕入れたいものであるが、間違った情報もある。

自分で判断できないと、間違ったものと正しいものが、入り乱れてしまう。それはそれで平気でもあるが、なるべくならば正しい情報を仕入れたいものである。正しいのか否かは自分では判断できないこともある。

わからない場合は、人から仕入れた情報として、頭に入れておく。情報の共有は必要なことであるが、仕事を円滑に回すためにもとても大事なことであるので、時間があるときは進んで会話していくのがよいであろう。

会話の中で情報の共有ができるのである。

大事なことを知らないというのは一大事になることもあるので、進んで会話をしていくのがとても大事である。

変更点があればこれも会話の中で情報を仕入れていく。変更点を知らないと以前のままで仕事をしてしまうということもある。

変更点を変えていくことは、結構大変である。いちいち理解しなくてはならないし、変わったことを覚えておかなくてはならない。

変更があったら、伝わるようにしなくてはならないし、間違って理解してしまったら、仕事を間違えてしまう。

良い経験になる仕事

仕事を頑張ること

いろいろな、規則のようなものがある場合、その規則が変更となったら、変更して覚えておかなくてはならない。

これが意外と大変なのである。以前のままで覚えていることが多いので、頭を変換しなくてはならず、大変である。

決まり事が変わった場合は、変わったもので運用していかなくてはならない。それもかなり大変なことである。

理解されていないこともあるので、理解させるのも大変なのである。

何か言わなくてはならないことがあった場合、全員に伝わるようにしなくてはならないが、伝えることがたくさんあると、すべてを伝えることは難しい。一部しか伝わらないということになるので、理解されていないだろう。

仕事があったら、その仕事を分けるということもする。

１人ではできないので、各自の仕事を決める。その人の得意なことや、その人の状態などを考慮して決めていく。

この仕事ができるとなると、その仕事になる。難しい仕事は、できる人とできない人がいるので、できる人から決めていくことになる。

その人の得意なこともあるので、得意なものから決められていくということもある。とにかく仕事を片づけるということが目標なので、遂行していくために、そうやって仕事を決めていく。

仕事が終わるということが大事である。そうすれば次の仕事に移れるし、終わらせるのは大切なことでもある。

いろいろな仕事があるが、長引かせては、時間がもったいない。仕事を終わらせて次へ行くということはとても大切なことでもある。

仕事を片づけるためには､速い人を使うということもある。仕事が速いので早く終わる。仕事場では速い人が称賛される。

遅いというのは仕事が片づかない。

遅いために人手がかかったりもするので、速い人がよいのである。

仕事が極度に難しいというのは誰が対応していっても限界があるということである。

男性であっても女性であっても限界があるので、完璧にはならないものである。

それならば、他の方針を立てて、それに則って仕事を進めるという方法もある。

仕事が極度に難しいので、それに真正面からぶつかっていっては、完璧にはならないので、方針を立てて仕事を進める。

私の仕事でも、真正面からぶつかってしまっては、極度に難しいので、完璧にはならない。方針を立ててそれを実行していくというのがよいのである。日頃の生活でもそうである。なるべく仕事量を減らすという方針でもよい。反対に、仕事をきめ細かく実行するというのもよい。

場合によってそれを変えて行く必要もあるので、中々難しいものである。仕事の方法は考えればいろいろあると思う。

仕事内容をわける場合は表などを作成して、書いて張り出すとかすればみんなに伝わる。いちいちそれをつくるのは大変な作業でもあるが、そういうことをすることによって、仕事を円滑に進めることができる。

表で一覧にすれば何事も一目瞭然である。家での家計簿でもそうである。一覧にすれば一目でわかる。年間いくらかかったとかすべてまとめてもよいだろう。表で一覧にすることは何事でも一目瞭然なので、かなり良い方法である。

表をつくるというのは今ではパソコンのエクセルというソフトですぐにできるので、何事もそれを使って、表にするというのがよいだろう。

しかし、それもかなり大変な作業である。表をつくるだけでも1時間くらいかかってしまうだろうし、そんなにすぐにはでき上がるものでもない。

小さい表だったら数分でできるかもしれないが、大きいものだと1時間くらいはかかってしまうだろう。

仕事をする上でもこういう表をつくるというのはとても大切なことである。

そうすることによって仕事も円滑に回るものである。

トラブルがあった場合、仕事が円滑に回らないということもある。

小さなミスが重なり、全く機能しないということもある。

それを防ぐには、機械類の活用はかなり重要である。

機械は間違えたりはしないものであるから、パソコンを活用したり、スマートフォンのようなものを活用していくというのはとても重要である。

データで仕事を行えば、全く間違いなどはないものである。

仕事でのトラブルなどもある。そういうものはとにかく何か対策を考えたりしていく。いろいろなことがあるので、それに対応していく。

仕事場での変化などもある。変化に柔軟に対応していく必要がある。

仕事場での規則なども変わることがあるので、それに対応していかなくてはならない。

決まり事が変わったら、変わったように覚えておかなくてはならないので、意外と大変である。

一度覚えてしまうと、変えられないということにもなる。

そういう変化に柔軟に応じていくというのはかなり大変である。しかし、何かキャンペーンがあったりして、その期間だけのものというのもある。

一時的にそれを行う必要があるので、一度覚えてしまったら、もう変えられないと言う人は大変だ。

何が変わったのか知るためには、仕事場の人との会話によって知ることができる。または様子を見ていてわかるということもある。

様子を見ていると何が変わったのかがわかることもある。

別に言われなくても知ることができる場合もある。

しかし、細かいことなどは言わないとわからないという場合が多い。

細かいので様子を見ていてもわからない。その場合は、自分から誰かに聞くということも必要になってくる。

行動していくこと

とにかく自分が行動していかないと、いけないので、自分から誰かに聞くというのが大切である。

わからないことがあったら自ら質問をしていくことも大切なので、恥ずかしがらずにいろいろ人に聞くとよい。

そうすることによって、わからないことが明確になっていく。

会話がとても大事であるというのがあるので、恥ずかしがらずにいろいろなことを言ってみる。

そうしていくうちにたくさんのことを知ることができるので、とてもよいであろう。

知らなかったこともいろいろわかってくるので、話をしていくということは重要である。

人の考えも聞いていくということも大事である。

人の意見は自分と違うという場合もあるので、どのような考えなのか聞いていくということはとても面白い。

話をしていく中でそのような意見も聞いていく。

自分が思っていたのと違うという場合もある。

しかし、おおまかにはみんなの意見が一致する。考えることは皆同じである。

何かを動かそうとした場合、1人ひとりの状態も考慮して決めなくてはならない。

そこまでわからないということもあるが、わかっていることは考慮していく。

仕事がきついということはわかっているので、その点を考えて、少し楽なところにするとか、どうせ全部の作業がきついので、どこでも同じであるという風に考えてもよい。

1日の仕事は8時間であることが多いので、8時間行動していくわけであるから、3時間にするとか、わけてもよいのである。

同じ作業をずっとしていると飽きてしまうし、2時間ごとに分けるとかしたほうが、気分転換にもなるので、そのほうがよい。

同じ作業をしていると使っている筋肉なども同じなので、少し違う運動をしたくなる。1日座っているという人もいるかもしれないが、それも少し動きたくなるものである。

1日8時間の作業が辛いならば5時間くらいにするのもよい。

午後には帰ることができるので、とても楽である。

午後の時間を有意義に過ごすこともできるので、8時間が辛いならばそれでもよいだろう。

時給であった場合、それは可能である。5時間分を貰えばよいので、時間の融通が利くのである。

時給のよい面はそれである。8時間働かなくてもよいのである。

8時間働くということはとても辛いかもしれない。それを5時間くらいにしたらとても楽である。

普通で考えると週5日という風に考えるが、普通の会社員でさえも、週4日くらいしか行かない場合もある。

それだから、そんなに頑張ることもないのである。

例え時給であったとしても、基本給はあまり変わらない。

会社員の給料を時給換算しても、普通のアルバイトくらいしか貰っていないものである。元の給料は、社員でもアルバイトでも同じということである。

それだから、時間の融通を利かせたい場合は時給のほうがよいのである。社員であると時間の拘束は長い。

短時間で済ませたい場合は時給のほうがよい。幼稚園の送り迎えがあるから午後3時間だけ働きたい、そんな願いも叶うのである。

例えば、時給950円で、5時間を週3回であると1か月で約6万円になるのである。意外と貰えるものである。

だからアルバイトだからと言って、諦めてはいけない。基本給は会社員とあまり変わらないのである。時間の融通が利くという特典つきである。

1人暮らしであったとしても、もしアルバイトでも、かなり貰えるので、生活できるものである。

その場合、きちんと社員になったほうが安心であるが、例えアルバイトでも諦めることはない。意外と貰っているものである。

8時間で週5日だとして、時給950円だと1か月で16万円ほど貰えるのである。これならば生活することができるだろう。

もちろん１人暮らしの場合である。

子供が居て、家族を養う場合はこれでは足りないかもしれない。

給料からはいくらかは引かれるものであるので、それは忘れてはならない。

いくらか引かれるというのは結構わからないで仕事を始める人も多いだろう。

数万円くらいから、多いとかなり引かれるものである。

ボーナスが１００万円出ても手取りは75万円くらいになってしまう。それに働いていると経費がかかるというのもある。交通費であるとか、洋服代であるとか、お昼代であるとか、かなりかかるものである。

働いていても全く貯金ができないという人も多いかもしれない。

なるべく安く済ませるために、安いところで大量にまとめて飲み物を買ったり、激安のお店でかばんを買ったり、そういうことをしないと、全く働いている意味もない。

いくらか引かれる上に経費もかかるというのが実状である。こういうことを言うと心配になってしまうかもしれないが、上手くやれば大丈夫なことでもある。

高いものは買わない、無駄遣いはしない、そういう心がけで、貯金もできるだろう。無駄遣いはしないというのは意外と簡単に実現するものである。

しかし、安いものを買うというのはなかなか実現しない。欲しいものが高い場合がかなりあるので、すべて安いものを買うことができるというのはなかなか難しい。

安いものを買うというのは心がけで少しは実現していくものだが、すべてを実現させるというのは難しい。

高いものを買わなくてはならない場合もあるので、それは諦める。

わざわざ高いものを買うというのは避けていくべきである。

生活していく中でそういう場合もあるので、覚悟をしなくてはならない。

学費であるとか、家族旅行であるとか、かなりかかる場合もある。

家族旅行だと4人分とか、かかるので、結構かかるものである。

ディズニーランドに行ったとしても10万円くらいはかかる。遊びに行っただけでそれだけかかるというのはとても大変である。

家族が多い場合はかなりかかるということもある。

温泉に泊まりに行っただけでもかなりかかるわけである。

日頃の生活の中で一番手軽に節約できるのは食費である。１００円安いものを買うだけでも、かなり違うのである。

無駄なものを買わないというのは実践していくべきでもあるが、毎日１００円安ければ、１か月で３０００円ほどになるし、塵も積もれば山となるである。

１００円のジュースであっても少し安いものを買うというのは節約にもなる。節約するのは日頃の生活では大切なことでもある。

そんなにお金持ちでもない場合は特にそうである。

無駄なものをなくすというのはとても重要である。

無駄なものが増えると、沢山かかるのである。

どれだけかかっているのかを計算して把握していくことはかなり大切である。

１年でどれくらいかかったのか、それを把握していくのは、生活していく中でとても重要なことでもある。

家計簿などを付けてもいいし、エクセルを使ってもよい。付けていても大雑把になってしまうこともあるので、とりあえず付けていくというのはよい。

１か月でどれだけかかるのか把握できていればそれから計算して、生活費を割り出すことができる。教育費であったり、それもきちんと計算していけば安心なのである。

第5章

生活をしていくこと

家計について

住宅を購入すること

住宅を購入したいとなった場合、もしアパートなどの賃貸に住んでいれば、家賃の分をローンに充てると買うことができる。家賃が例えば8万円であったとしたら月のローンの支払いを8万円にすればよいのである。

それで買えるところを選ぶのも必要であるが、それもなるべく短期間で返せるところにするべきである。

ローンを組んだら繰り上げ返済なども活用していき、なるべく短期間で返せるところにする。

長期計画でよいという場合はそれでもよいかもしれないが、不安な場合、短期間で返せるのがよい。

とにかくローンを組んだら短期間で返す努力をしていかなくてはならない。

月額の返済は自分で設定できる場合も多いので、家賃を２万円にしたい場合、返済を月２万円にすれば、家賃２万円と同等である。

５００万円の中古マンションなどを買った場合、月２万円の返済という願いは叶うものである。

しかも自分の所有になるので、賃貸よりもよい。固定資産税や管理費も忘れてはならない。それを含めても、月４万円ほどになる場合もある。

家賃を払っているよりも自分の所有になるので、同じ４万円でもそのほうがよい。

信用がないとローンを組めないというのはある。会社員であるとか一定の収入があることを証明しなくてはならない場合も多い。

誰でもローンを組めるわけではないのかもしれない。

私は安定した職業でないと借金はできないものだと思っている。

そうではないこともあるかもしれないが、安定した職業などでないと返すアテがない。

すべてが上手くいった場合、これは嬉しいだろう。賃貸でずっと払っていくよりはよいと思う。

住宅購入というのは意外と簡単にできるもので、難しくもない。

引っ越しを頻繁にする予定であるという場合は住宅購入はあまりよくない。

その場合は賃貸のほうがよいだろう。

ローンで家を買うことを躊躇する人もいると思う。それはそれでよい。返済に自信がないからである。

しかし、安定した職業で、返済に心配ないという場合はローンでもよいのである。

もちろん元金が多いほうがよいのであるが、35年ローンなどを組む人も少なくない。

しかし、35年ともなるとかなり長いもので、途中で投げ出したくなることもあるかもしれない。

二世代ローンなどもあるので、かなり長期のローンである。

そういう風にならないためには元金を増やすしかない。そうすればローンは少なくて済むので、返済も早いものである。

ローンの返済金額は自分で設定できる場合が多いので、月いくらならば平気なのか考えて設定することができる。

家賃が8万円だった場合、月8万円までにすれば今までと変わらない。

それだから家賃が20万円とかであると、ローンの返済に充てたほうが家が自分の所有になるのである。

家賃が月20万円とかであると、家を買ったほうがよいというのはある。かなり高額な家を買える。

もちろん元金が多いほうがよいので、多少は貯めてからのほうがよい。

人は貯金が大好きである。貯まらないという人もいるが大好きなのは変わらない。

賃貸よりも買ったほうがよいという場合も多いのである。

賃貸で家賃を10万円払っていたとしたら、その10万円をローンの返済に充てて、住宅を購入することができるのである。

あまりにも高い住宅を購入してしまうと、返済が大変になってしまうが、安い住宅ならば、短期間で返済できるので、住宅を購入することができる。

短期間で返済するのが一番よいが、ずっと家賃を払わなくてはならないということがわかっている場合、家賃の代わりにローンの返済をするような形で、住宅購入が可能である。

しかも住宅は自分の所有になるので、売ったりもできるのである。

もちろんマンションの場合は管理費などもかかるし、一軒家の場合でも固定資産税はかかるというのは忘れてはならない。

管理費も固定資産税も結構高いもので、月額で数万円かかる場合もある。そのことも忘れてはならないが、今住んでいる賃貸の家賃が高い場合は、こうやって住宅の購入は可能なのである。

私はマンションのローンの返済に4年かかったのだが、最初は10年のローンで組んでいた。月額45000円ほどの返済で、ボーナス払いが15万円ほどで、年2回である。借入金額は700万円であった。

10年でローンを組んでいたが、繰上げ返済を何回かして、4年に短縮することができた。借入金額が700万円で利息は約50万円ほどであった。4年で返済が終わったので、晴れて自分のマンションになったのである。ローンを組むということに躊躇はなかった。マンションを売れば返済は可能であるので、あまり心配もなかった。そういうローンを組める機関があるというのはとてもうれしいことでもある。

そうやって住宅の購入が可能なので、そういう機関がないとできるものではない。私の家では住宅ローンの専門の機関で借りたのだが、そういう機関があるというのは役に立つものである。

月のローンの支払いは45000円くらいであったので、以前の家賃が9万円ほどのため、家賃よりも安い金額のローンであった。

もし仮に家賃９万円で、20年住んだとしたら、20年で、２１６０万円も家賃のみでかかってしまう。

それならば安い中古のマンションくらいは買えてしまう。

ローンを家賃だと思って、住宅を購入するというのは可能なのである。

住宅を買うというのは夢のまた夢と思っている人も多いかもしれないが、家賃を払うことを考えれば、そんなに難しいことでもないのである。

もし仮に家賃が高い場合、買ったほうがよいと考える。

月額20万円くらいの家賃であった場合、20年も住んだとしたら、４８００万円にもなるので、住宅が買えてしまう。

１人で働いているという場合は踏み切れないというのはあると思う。その場合は諦めて家賃を払い続けるしかない。

しかし、家族もいて、協力してくれる人が多い場合、１人ではないので、そんなに心配することもなく踏み切ることができる。

私の家は、ローンでマンションを買ったわけだが、貯金があるのにもかかわらず、ローンをしたのである。

全く貯金がなくて、ローンをしたのではない。

それだから、心配な人は無理にそのようなことをすることはない。

貯金が全くないのにローンをするというのは些か危ないと思う。

しかも住宅を買うということは不動産投資にもなる。

値上がりすれば、それだけ財産が増えるわけであり、値下がりすれば財産が減るというわけである。

最近の貯金の金利はあまり期待できないので、不動産投資をするというのはいいかもしれない。

株を買おうと思うこともあるが、中々踏み切れない。一度株を買ってしまうとハマってしまうと思うからである。

株は長期保有で値上がりを期待するという方法がある。これも値下がりしてしまうと残念であるのだが、株はそうやって儲かるということである。

株で成功したという人は、頭が良いのであろう。

あまり自信のない人はやらないほうがいいのかもしれない。少し上がったら株を売るという方法もある。

どういう方法にするかは人それぞれであると思う。

貯蓄の方法

私は貯金の金利をよく見る。昔は銀行に預けていただけで2倍くらいになったのを知っているからである。

しかし、見ていても最近はあまり期待できない。

それでも、金利の高いときに預け替えをして、20万円の利益になったこともある。

期待はあまりできないが、20万円ほどになるのならば、と思って、銀行の金利をよく見るのである。

当たり前のことであるが、20万円の収入があった場合、支出が15万円ならば、５万円貯金ができる。

これがわからない人がたまにいる。もっと難しいのではないか、と思っていて、信じていないのである。

しかし、収入が20万円で支出が15万円ならば5万円貯金ができるのである。

家計簿を付けると、そのままのお金の流れになっている。そこから貯金ができれば嬉しいものである。

どんぶり勘定とよく言ったものであるが、家計簿を付けていてもどんぶり勘定になってしまうこともあるので、とりあえず家計簿を付けるというのはよい。

年間いくらの支出であるか、どこを減らすことができるか考えるのは大切でもある。

しかし、一度ランクアップした生活習慣は元には戻らないことが多い。

ランクアップさせることを留まって考える必要もある。

気軽にランクアップさせるのは後に引けないこともある。何かあったときにランクを落とせないということが出てくるのである。

車が2台あるとかテレビが5台あるとか、減らすことができないという場合も多い。

車が2台あったら、当然2台分の維持費がかかるわけで、テレビが5台もあったら5台分の電気代がかかるわけである。

しかし、こういうものは減らせない場合も多い。

子供部屋に各1台あるとか、減らすことができない場合も多い。

そこは両親の手腕である。ほっといてはいけない場合もある。

最近では携帯電話、スマートフォンなどもあるので、子供に持たせる場合もある。子供の携帯代が月9万円だと言って、働きに来ていた方がいたが、そのようなものは太刀打ちできるものでもない。

そこは両親の手腕である。

子供にはわからない。子供にはわからないので、両親がきちんとやらなくてはならない。

一度上げた生活レベルは落とすことは難しい。

車が2台とかであると、これを1台にするのは勇気がいるかもしれない。テレビを1台にするというのもできない可能性もある。

食洗器がないとやれないという場合もある。

そういうところは落とすことができないので、しょうがないという場合も多い。

家族が居た場合、簡単にはできるものではない。家族の同意もいるので、同意が得られない場合もある。みんなが使うものは減らすことはできないので、諦めるしかない。

私が一番減らしたほうがよいと思うのは車が2台あった場合である。車の維持費は年間数十万円くらいはかかるものなので、これを減らすというのはとてもよいことである。

1台で済むのならばそのほうがよい。家族1人ひとりが毎日運転するとなると、減らすことはできないかもしれない。その場合はしょうがない。

携帯なども格安のものにすることによって少しは減らすことができる。高いものをずっと持つというのは結構無駄でもある。

使えるのならば格安でもよいのである。

携帯の料金の相場はあまり変わっていない。それを払い続けるのは結構大変でもある。

携帯が普及し始めてからスマホになるまで、料金はあまり変わっていないのである。

最初は私も値段が高いと思ったものだが、すぐに慣れてしまった。

日々の生活費用の中に携帯代が加わった。

丁度普及し始めていた頃、私は仕事を始めていたので、給料の中から携帯代を支払っていた。

携帯代が高いというのは、世間でも大騒ぎしていることでもあった。

最初は慣れていないので、持つべきでないとかいろいろ言われていたが、私は数か月もすると慣れてしまった。

それから20年ほどは携帯を持っている。2台持っていたこともあったが、2台はかなり面倒である。

携帯で何をするのかというと殆どは家族との連絡である。

携帯が普及して変わったことと言えば、公衆電話が減ったことである。

どこに公衆電話があるのかわからないような感じである。

東日本大震災の際も携帯ですぐに連絡を取って、実家に避難した。何かあるとすぐに携帯で連絡できるのでとても便利である。

しかし、あまりに連絡が多いとこれも面倒なものである。

あまり必要でないことまでメールなどをしてしまうと、とても面倒なもので、それだけに時間がかかってしまう。

何か来ていても気が付かないこともあるので、注意が必要である。

趣味とか生活とか

メールと家と

メールをしているだけでも時間がかかる。重要なメールであると半日くらいかかってしまうこともある。

宣伝のメールなどは1日に100通以上は来るので、いちいち見ることはできない。自分が好きなものなどをピックアップして見る。

あまりにもメールなどが多いと全く見れないという状況になってくる。

中にはお得な情報もあるので、見逃すのはもったいないが、あまり見ることはできない。

毎日メールをチェックするのが日課であるが、とにかく量が多い。

個人的な連絡もメールなどですることが多い。家族との連絡もメールですることが多い。

とにかく1日にメールをチェックする回数はとても多い。たった1通のメールでも半日かかってしまうこともあるので、注意が必要である。

むやみにたくさんのメールを送るものではない。

いろいろ最近では動画の公開なども盛んであるが、全部をチェックしようと思っても無理である。

ホームページなどは数億あると言われていたので、これもチェックするのは無理である。

初めは、ホームページを公開しても人が来なかったので、なぜかわからなかった。

絶対たくさん来るものだと思い込んでいた。しかし、考えてみればすべてをチェックするのは無理である。

ホームページを公開したものの、訪れる人はいなかった。

何故かと考えたが、まだパソコンが家庭に普及していなかったのである。２０００年頃だったので、まだそんなに普及はしていなかった。

会社などはもうパソコンがあったが、家庭にはまだあまりなかった。

パソコンで何でもできるものだと思って、のめり込んだ。

ＨＴＭＬ用語も覚えて、ホームページをつくってみた。

音楽の無料公開などもして、たくさん聞いてくれる人がいたので、満足していた。

何故音楽を公開したのかというと、自分でつくっているだけでは物足りなかった。誰かに聞いてもらいたい、そう思って公開を始めた。

音楽は3歳から

音楽は3歳の頃からやっていた。３歳の頃から音楽教室に通って、ピアノなどを習っていた。音楽の基礎はそこで学んでいた。

ピアノは何故か家にあった。エレクトーンも家にあった。それで、家で弾くことも多かった。

始めは簡単な童謡のような曲を弾いて、ピアノは得意というわけではなかったが、好きであった。

まだ3歳なのにピアノは上手かった。歳を取ると共にヘタになるような感じである。

普通ならばどんどん上手くなるのではないかと思うが、そうではなかった。

いろいろな曲を弾いたが全く覚えていない。

どこかで聞くことができれば思い出すと思うが、あまり覚えていない。

ピアノを弾くことは生活の一部だった。特別なことというわけではなく、普通のことであった。

ただ弾くだけではなく、音楽の基礎も学んでいた。歌を歌うということも音楽教室でやっていた。そのほか聴音なども教わっていた。

音楽教室では、英才教育だったので、週2日くらい行くこともあった。いつも母が連れて行ってくれていた。

ピアノは好きだったので、教室に行く前日には必ず練習していった。

いろいろな曲があったので、たくさん弾いたものだが、暗譜は苦手であった。

発表会などもあって、大きなホールで、弾くこともあった。

エレクトーンの合奏で、大きなホールで弾いた覚えがある。

音楽の基礎は万全であった。まだ、６歳とかであったが、基礎は完璧であった。

３歳でも立派にピアノを弾いていた。

小学校に上がると、あまり弾く時間が取れなくなった。学校や塾などが忙しくなり、１週間で１日弾くくらいになっていた。

それでも辞めることはなく続けていて、中学に上がってもピアノは弾いていた。

ピアノを弾くにあたり、まだ子供だったので、一オクターブが届かないことが気になっていた。

乙女の祈りという曲を弾くためには、一オクターブくらいは届かなくてはならない。そういう曲もあるので、困ることもあった。

困ることはあっても、何とか弾いていたが、そういう曲は避けて弾くしかなかった。

ピアノは上手かったので、自信はなかったが、弾いていた。

丁度、私の生まれた頃というのは子供がピアノをするというのが、流行っていた。女の子は特にピアノを習っていた。

みんなが弾けるので、習うのは普通のことでもあった。

この年代の女の子というのはみんなピアノを習っているもので、みんなが弾けるという状況であった。

その中で音楽大学に進学しようなどというのはかなり難しいことでもあった。

それでも音楽大学に進学することを決めて、浪人の末、入学したのだ。

学校というのは人がたくさんいて、大変でもあったが、あまり気にすることもなく、過ごしていたのだ。友達も多くなり、カラオケなどで遊ぶこともあった。

友達とのカラオケは結構頻繁に行っていたが、その頃のヒット曲を歌っていた。もう20年も経つと忘れてしまっているが、盛り上がっていたヒット曲をカラオケで歌っていた。

カラオケは小さい頃に家にあって、その頃は家にあるのが珍しかった。カラオケセットの大きいものがあった。

演歌も歌うことがあった。ヒット曲ばかりではなく、演歌や童謡なども歌っていた。

演歌や童謡は昭和50年代に知られていたものが中心で、それ以前の古いものはあまり知らなかった。

昭和が始まってから、音楽の流行りなどもあったと思うが、古い童謡は知らないものもあった。時代と共に、ヒット曲は生まれて、人々に愛されていくのだが、20年前のヒット曲もいまだに流れている。１９９０年代のヒット曲は、巷に流れることが多くて、記憶に残っているものも多い。

ヒット曲が生まれる背景にはそのときの生活スタイルなどに合っているものがヒット曲となる。

音楽と時代

バブルとデフレ

１９９０年代だと、バブル崩壊があり、そのときの生活に密着したものがヒット曲となっている。

バブル崩壊のニュースはすぐに私のところに来て、とても驚いたものである。

バブル景気が普通であったので、突然それがなくなったのである。

バブル景気では、洋服の価格が高かった記憶があるが、学生であったために、あまり恩恵には与れなかった。

ただ、預金の金利が高く、元金が2倍になったのである。

もともとは少ないお金が2倍になったので、嬉しかったが、今では金利が低いために無理である。

それでも最近では、利息が20万円くらいになった。

今は金利が低いが、塵も積もれば山となるで、20万円になったのだ。

バブル景気では飲み会が多く、学生でも飲み会に参加することもあった。

もちろん、ウーロン茶を飲んでいるのだが、学生の頃は飲み会にかなり参加していた。

洋服も値段が高いので、あまり枚数は買うことができなかった。ただのシャツが1万円くらいしていた。

あまり洋服を買うことができないので、今になってその反動が表れている。

今ではかなりの洋服を買うのである。

バブルが普通だった人にとって、最近のデフレは嫌だという人も多い。しかし、物が安いので、何を買うにしても、買いやすい。

物が安いというのは無駄なものまで買ってしまう。家に、物が増えてしまう。

しかし、安くないと売れないので、企業のほうも高くするわけにもいかない。高いものはやはり売れないので、どんどん安くなってしまう。

利益を追求したいのならば、高くするのがよいと思われるが、安くないと売れないので、とにかく利益の割合を減らすという方法はよい。

１００円のものだったとしたら利益は10円くらいにする。そして薄利多売にしていく。

１００円のものだったとしたら利益は８円くらいでもよい。

その代わりに薄利多売である。あまりに利益が多いというのはとても高くなるので、売れないという可能性が高い。

だから、利益の部分はなるべく安くするというのが、一番売れる。

利益は少ないので、多くを売る必要があるが、売れないよりはそのほうがよい。

高いものというのはあまり売れない傾向にあるので、利益を多くしてしまうと、売れない可能性もある。

皆さんが安いものを求めているということを考えて置く必要がある。

中には高いものが好きという方もいるかもしれないが、一般的には安いものを求めているものである。

なるべく安いものを見つけて買うというのは普通の行為であるので、あまり高くしてしまうと、売れなくなってしまう。

妥当な値段というのが理想である。

ＣＤをつくる際にもＣＤに値段を付ける。材料の原価は欲しいので、それ以上にしなくてはならない。

大抵は1枚２００円くらいでＣＤはプレスすることができる。

デザインなどをやってもらったりすると、それにかかった費用も上乗せしなくてはならない。

作品をつくるには電気代くらいであまりお金はかからない。そういうことを考慮して値段を決めていく。

レコード会社の人もいるのであまり安い値段にもできない。

ＣＤの値段は

しかし、かなり頑張って安くしている。

大体、普通にアルバムのＣＤに値段を付けようとすると３０００円くらいになる。それを頑張って安くして２２００円くらいにする。

とにかく高いと売れないというのはわかっていることであるので、頑張って安くしなくてはならない。

安いのがいいからと言って、１００円くらいにするということはできない。全く採算が取れない。シングルＣＤに値段を付けるとしても最低で1枚９００円くらいである。それ以下は全く採算が取れない。

利益率を10％くらいにして、値段を付けるとすると、かなり安い値段にすることができるが、なかなか難しい。

そうなってくると薄利多売にするしかないので、たくさん売れる必要がある。いろいろな経費もかかるので、あまり安くもできないのである。

採算が取れる値段以上にするということが基本で、いろいろなことを考慮して値段を決めていく。市場価格というのも気にしている。ネットで市場価格を調べてみたりする。

ＣＤをつくるにはプレスをしなくてはならないので、その費用はかかる。

配信のみであったならば、プレスの費用はかからない。

配信のみにしようかなと考えることがあるが、ＣＤをつくって配信もするというのがやはり理想である。

アルバムのCDをつくるには、最低でも1か月くらいはかかる。最速であると、15日でできる。そこからプレスなどをするとやはり2か月くらいはかかるものである。

他の仕事や、主婦業をしながらアルバムを製作していると、半年くらいかかってしまうのである。だらだらしていると1年くらい経ってしまう。

年1本しか発売できなかったら、それだけ収入は少ないという意見もあったので、もっと沢山の作品をつくる必要があるのかもしれない。

現に、作品だけでは収入にならず、通勤の仕事もしているのである。

主婦業と通勤の仕事と作家活動と、毎日はそれだけで終わる。

第6章 人生は楽しい

仕事をしていかなくてはならない

頑張って貯める

はっきり言ってテレビを見る暇はない。

20歳くらいからアルバイトなどをしてきたが、20年でかなり稼ぐことができた。

新卒で就職して20年働くという人もいると思うが、そういう人の収入には及ばない。

しかし、自分からするとかなり稼ぐことができたという感想である。

20年もかかっているのだから結構稼いでいて当然である。

一生で3億円かかると聞いたことがあるが、少しでも自力で稼げるというのは嬉しいものである。

結婚しているので、扶養に入っているために、日々の生活費は苦労していない。

しかし、いろいろとかかるもので、1000万円ほど20年で稼いだはずだが、一切残っていない。

日々の生活は苦労しないが、いろいろなもので出ていってしまう。ＣＤの制作費であるとか、車関連のお金であるとか。

例えば、年収２００万円だとしたら、５年で１０００万円になる。日々の生活費が月10万円だとしたら、年間で１２０万円である。

年収２００万円だとしたら、年間で貯金できるのは80万円である。20年貯金したとしたら、１６００万円にもなる。

それだけ、貯まるわけであるが、いろいろ出て行ってしまうのならば殆ど残らないであろう。

20年もあるとそれだけお金もかなりかかるので、稼いだ分はほとんど残らない。20年で１０００万円も何で稼いだのかというと、アルバイトをたまにやること、ＣＤの販売、インターネットを駆使した仕事である。

それだけでは子育てをしようと思ったら無理かもしれない。何せ、20年なので、１年で50万円にしかなっていない。月額にすると約４万円である。たった1か月４万円稼ぐだけでそれだけいくということである。

諦めないでアルバイトなどをするのはおすすめである。

アルバイトといってもいろいろあるので、応募する前にいろいろ考えるべきである。仕事なので、とにかく役に立たなくてはならない。迷惑ばかりかけていては仕事にならない。

19歳の頃からアルバイトをしているが、いろいろなことをやらされてきた。自分にはできないこともやらなくてはならず、無理やりにやっていることもある。あまりにも仕事が難しいとできないこともある。そうなるともう仕事は続けられない。なんとか太刀打ちして、続けるということもできるのだが、なかなか難しい。アルバイトは楽しいということもある。毎日、面白い作業をしていると楽しいこともある。

アルバイトで稼げるのは10万円ほどだが、それでも生活の足しにはなる。

新卒で一般職とかだと、給料はもっと高いが、意外と給料は安い。何故かというと、社会保険やいろいろなもので、給料から引かれてしまうからである。月給18万円の社員だとしたら、4万円ほど引かれて、手取りは14万円ほどになってしまう。

新卒で入社したとしても、初任給は20万円ほどの場合が多い。そうなると、4万円ほど引かれて、手取りは16万円ほどになる。

１人暮らしをしているとしたら、そこから生活費を出さなくてはならない。１か月にかかる生活費が、例えば10万円としたら、６万円は残るということである。

独身で実家暮らしとかであると、給料のほとんどを貯めることができる場合もある。そうすると、かなり貯まるので、安易に１人暮らしを選ぶべきではない。

１人暮らしをしたがるのは意外と女性であるので、生活は大変になる場合もある。１人暮らしをあまりおすすめしない。

１人になるというのはとても寂しい。１人暮らしを憧れる人は多いが、いろいろな人に助けてもらって、生活していったほうが楽である。

１人の力よりもみんなの力があったほうが楽なのである。1人暮らしが長いとかいうと、人柄まで変わってしまう。家族と暮らしている人とは人柄が違ってしまう。

手取り16万円で1人暮らしということを長く続けている人もいる。できる人ならばよいができない人もいる。それならば、よい人に出会って結婚でもしたほうがよい。

家賃が４万円、生活費が５万円とかいうと、月に９万円かかるので、16万円の手取りであったらばできるのである。しかも７万円も貯金ができるので、年間で84万円も貯金できるのである。

生活が大変かとおもいきや、そんなに貯金することができる。

1人のほうが楽と考える人も多い。しかし、いろいろな人と交わることによって得られるものもあるので、全く独りぼっちになってしまうのは避けたほうがよい。独りぼっちは寂しいものである。

独りぼっちになるのが嫌で、誰かと暮らしているので、多少喧嘩などがあっても我慢している。

1人で生活費を稼ぐというのは、自分次第なので、どうにでもなるという考えもあるが、誰かの力を借りて、生活していくというほうがよいように感じる。

例えば、20万円の月給があったとしたら、そのうちの3割までが家賃である。家賃の上限を収入の3割にするというのがよいらしい。この場合、6万円が家賃の上限になる。6万円だったら新しいアパートなどにも住めるだろう。

新築と中古だったらどちらがよいのかというのは、価格が安いのがよければ中古にする、新しい物件がよければは新築にするという具合であろう。

1人で生活するというのは気が楽かもしれないが、自分しかいないので、何かあったときは大変である。誰かの力を借りて生活していくというほうがよいのかもしれない。

１人暮らしに憧れる人も多いが、容易に決めてはならない。しっかり考えてから行動するべきである。

もし１人暮らしをすることになっても、助けてくれる人というのを考えておいたほうがよい。両親でもよいし、兄弟でもよい。全く１人になってしまうというのは避けたほうがよいだろう。

１人暮らしというのは、自由気ままでよい。家族がいると少なからず、何か迷惑をかけられることがある。しかし、１人暮らしというのは孤独になるので、あまりすすめない。

少子化であって、核家族化である現代では、孤独になるということもある。１人暮らしをしたがるのは意外と女性であったりするので、１人の生活を支えるのは自分しかいないという女性もいる。

ましてや、シングルマザーで、１人で育てなくてはならないという人もいる。

女性の収入は多い場合と少ない場合に分かれるので、多い場合は、あまり心配は要らないが、少ない場合は大変である。

家族と生活

家族が居たほうが何かと助けてくれる、そういうこともある。

家族が多いというのはとても楽しいだろう。

いろいろなことがあるかもしれないが、それも楽しい。

遊びに行ったり、小さなパーティーを開いたり、いろいろ家族とのかかわりの中で得られるものもある。

家族とのコミュニケーションも欠かしてはいけない。

あまり話さないという人もいるかもしれないが、コミュニケーションによって円滑に回ることもある。

円滑に回るというのは、理想であるが、円滑に回らないというのはとても困ることでもある。

トラブルのように感じてしまい、悩みになるということもある。

自分でどうにかしなくてはならない、そんな場合もあるだろう。

しかし、そんな困った状況はどうにもならない場合が多い。

何か策を考えるというのはありきたりで、普通のことだが、それも上手くいかない場合もある。

何か困ったとき、助けてくれる人がいたほうがよい。

全く１人になってしまうというのは避けたほうがよいだろう。

シングルマザーで１人で育てなくてはならないという場合もある。

１人の収入で育てるのだから、かなり大変なことである。

もし女性が働くとなると、正社員希望の人が多いだろう。始めて正社員になったら、よくあるのは18万円ぐらいという給料である。

18万円であるのだが、そこから４万円ほど引かれて、14万円くらいになってしまう。それであると、生活費ですべて出て行ってしまうということになる。

家賃が６万円、光熱費が３万円、その他食費などが５万円などで、すべて出て行ってしまうだろう。

よく昔あったのが、給食費が払えないということである。給食費は何千円かだったので、それほど高くはないが、それが払えないという事態もあった。

生活をしているとかなり生活費がかかるということがわかってくる。

たばこ代にしたって、1万5000円ほど1か月でかかるし、美容院に行ったとしたらそれだけで1万円くらいかかってしまう。

もうそうなると自分で髪を切るという選択肢もあるが、女性の場合は髪を長くすることができるので、それで凌ぐということもできる。

初任給というのはほとんど20万円ほどであるので、そこから4万円ほど引かれて、16万円になってしまう。

長年働いて、昇給していくという場合は給料は上がっていくが、初めて正社員で働くという場合は、それほど給料は高くない。

仕事をすれば平気だと考える人もいるかもしれないが、あまり高くない。生活費でほとんど出て行ってしまうだろう。

正社員が駄目でアルバイトであるという人もいるかもしれないが、時給が例えば1000円であったとしたら、8時間労働で月22日の出勤だとしたら、給料は17万6000円になる。そこから4万円ほど引かれて手取りは13万円ほどになる。

もしアルバイトであったとしても、それだけ貰えるので、1人暮らしをしようとしたらできるのである。

仕事をすればよいと考える人もいるかもしれないが、何があるかわからない。腰を痛めてしまい、休まなくてはならないという場合もある。それだから、少しの蓄えは必要である。まず、貯金がない人が貯金をするとき、一番おすすめなのが１０００万円貯めることである。１０００万円というと、８年くらいは生活できる金額である。

これだけあると、かなり違う。余裕もあるし、何かあっても３か月くらいは十分平気である。

１０００万円を貯めるというのを目標にしてみると、例えば１か月で5万円貯められる場合、16年あれば１０００万円は到達する。これだけでもかなり違う。

たった5万円くらいだと思いがちだが、これだけでかなり違う。日頃の生活費が膨大になってしまっている場合、たった5万円と思わずに節約していくということはかなり有効なことである。

長い間生活していると塵も積もれば山となるので、たった1万円であったとしても、節約していったほうがよいのである。

車の経費というのはかなりかかるもので、年間にすると50万円ほどはかかるだろう。それを節約するために車をもたない、そういう選択肢もある。

しかし、家族が多い場合は車があったほうがよいという場合も多い。家族みんなが乗れる車を買って、遊びに行くということもできる。誰かを送り迎えするということもできる。

外車は部品が日本にないので、取り寄せなくてはならず、故障をした際はかなりお金がかかるみたいである。

外車に乗るのが夢という人もいるかもしれないが、経費はかなりかかる。たった20万円の給料で年間50万円払うというのは大変なことである。

それを考えずに車を買ってしまうというのは、結局は車を持たないということになるだろう。たった20万円の給料だからと言って、何か事業などをした場合で、たくさんの収入があった場合、税金が50％ほどになる。所得税と住民税を合わせて50％になるのである。

今後改正されたりして変わることもあるかもしれないが、現時点ではそうである。年収が３０００万円あったとしたら、手取りは１５００万円になるのである。

それだから、あまり過度な期待はしないほうがよい。それくらいあれば、十分生活はできるが、結構税金が高いので大変である。

そんななのに生活費が月20万かかるという場合も多いだろう。家族が多ければそれだけいろいろかかるので、大変である。

家族が多い場合、食費がかなりかかるということもあるかもしれない。大人２人で月５万円ほどになっている。

スーパーでの１回の買い物は大体２０００円ほどになるので、毎日だとしたら１か月で約６万円になる。

家計簿をエクセルで作成しているのだが、全部入力するとすぐに合計金額が出てくる。

１年にかかった金額なども計算できるのでとてもよい。光熱費はいくらだとか、すぐにわかる。

生活費は１か月で夫が約12万円、私が約10万円払っているという現状になっている。ということは、１か月で22万円もかかっているということなのである。これは大人２人だけである。極限の節約はしていないので、少し贅沢な部分もある。

しかし、なるべく安い食材を買うし、無駄な出費は控える。

贅沢三昧をしているというわけではない。

誕生日にはすき焼きにしてみたり、クリスマスには鶏肉を買ってきたり、そういうことはするが、普段は至って普通の食事である。

特別、減らしているというわけでもない。

1か月で22万円もかかるということは、それだけの収入がなくてはならない。我が家の1か月の収入は大人2人合わせて、55万円なので、全く問題ない。

収入が足りないという家庭も多いかもしれない。

子供もいて、おばあちゃんもいてとなると、かなりかかるだろう。

大人は働けるので、あまり心配は要らないが、子供は働けない。

だから大人1人だとしたら、あまり心配は要らないものである。

大人は何でもすることができる。大人1人なんて平気なんじゃないか、近頃そう思うことが多い。

大人は何でもすることができるし、自己責任で、生活することができる。

家族がいた場合は大変だろう。

独身で1人で生活するというのは一見大変そうに見えるが、自由気ままで、自分の思い通りに行動することができるし、生活の糧であっても、何でもすることができる。

しかもあまりお金はかからない。

派手な遊びなどをしようとしたら、かかるかもしれないが、質素に暮らしていれば、そんなにかかることはない。

1人で質素に暮らすというのも、ストレスは溜まるのかもしれないが、生活費はそんなにかからないだろう。

1人であることを否定する人も多いかもしれないが、それはそれで、気が楽なものである。家族や親族など、他の人が居ると少なからず、迷惑を蒙ることもあるかもしれないので、大変なことになることも多い。

家族がこんなことをしたと言って困っていることもある。お父さんがこう言った、夫がこう言ったと、困っている人もいる。

家族であっても、気心が知れているだけあって、遠慮がないのでとても困ることがある。遠慮がないというのは喧嘩になることもある。

少し気を使っていればそのようなことはないが、家族で遠慮がなくなると、とても困ったことになることもある。

その場合、どこかへ遊びに行くとか、イベントをつくって、楽しいことをするとか、いろいろな方法はある。

遠慮がないというのは、とても迷惑なことにもなる。

言いたいことを言って、やりたいようにやっていたら、それは大変なことになることもある。

誰かがいるときは少し気を使って、いないときは自由にやるという方針であるが、それでも困ったことになることもある。

誰かの助けがいる場合もあるが、なかなか家庭のことなので、踏み込むこともできない。

1つの家庭であるために、誰も踏み込むことはできない。

そこにいる人のみで回すことになるのである。これが意外と大変なことでもある。

家庭というのは核家族化が進む現代では、多くても5人くらいであろう。

その人数で家を回さなくてはならないというのは、とても大変なことでもある。

経済についてもそうである。子供は働くことができないので、大人が働かなくてはならない。

大人が全力で取り組むことが必要になってくる。意外と子供と遊んでしまいがちだが、そんなことをしていては家庭は回らない。

大人がしっかり働いていくことが重要になってくる。それも、きちんと考えて行動していく必要もある。

むやみやたらに頑張るというのはあまり利益にもならない。

頑張ったからと言って何か得られるわけではない。

しかも、頑張っても意味のないこともある。

私はむやみやたらに頑張っていた時期があるが、何も得られず、無意味に終わった、そういうことがある。損得で考えて行くという方法もある。

リスクを伴うことをなるべくやらずに、得することだけをするという方法もある。

人から見てそれがわかってしまったら、何か言われてしまうということがあるかもしれないが、そういうこともあまり気にせず、1人で行動していくならば、それもよいかもしれない。

いろいろ経験してきたことなど

リスクと得

とにかく得することをするのである。

これは損だと思ったらやらないとか、これは得するだろうということは進んで行っていく。

そうすることで、小さいことでも、よい方向に向かうということもある。

リスクを伴うということが、納得できるならば行動して行くのがよい。

納得できない場合は行動しないほうがよい。

そうやって適当にやるのではなく、しっかり考えて、日々の生活を送ることで、生活もよりよいものになっていくだろう。

リスクがあることと言えば、偉いと思われることである。

偉いと思われることをすると、大損しているように感じる。

人に迷惑をかけてなんぼである。

とにかく家族が居る場合は、みんなで助け合って生活していかなくてはならない。

それでも迷惑はこともあるので、それは許容していく必要もある。

常に利益になることをしているわけでもないので、迷惑なこともある。

利益になる行動をしていくというのは生活していくにはとても大切なことでもある。

損することばかりをしていては、全く生活にもならない。

得することをしていくことが必要なのである。

得することと言えば何だろうと考えると、ただパソコンをしているだけでもよい。パソコンをしていることによって、何か得られるかもしれない。

とにかく何か行動をして、その結果、収入が得られるということである。

収入はあとから付いてくるものであるので、すぐには収入にならない。何か行動していかないと収入にはならない。

芸能人であったとしても、自分で行動しているのである。歌手であったら、自分で歌っているし、タレントであったら、自分でテレビに出て、何か行動しているのである。

自分で行動して行くことが基本なのである。

それがわからないと、何もしないで、お金がないと言っているだけという、そういう状態になるのである。

自分で行動して行くことが、収入に結び付くのである。

自分でやること、それが基本である。どんなに有名な人でも自分で行動している。すべてを自分でやっていくという覚悟が必要である。

大きいイベントを開きたいと思っても、自分1人ではできないとなった場合、諦めることが必要かもしれない。

もちろんいろいろな人の助けが必要なのであるが、基本は自分でやることである。

自分で行動して行くことで結果が付いてくるのである。

それだから、何もやらないで文句だけを言っているという、そういうことにもなりかねない。

時間がないという状態になるかもしれないが、それでも自分で行動して行くことが大切なことである。

仕事をしていくにしても、通勤から現場の仕事まで、行動していくのである。それが嫌ならば、収入は諦めていくしかない。

とにかく自分で行動して行くことが大切で、それが収入に結び付くのである。

何もやらないで、収入がないということに、気づかなくてはならない。何もやらないでお金がないと嘆くのは愚の骨頂である。

大抵はこの人がいるということにも気が付かない。ましてやお金がないということも知るわけでもない。

自分から動いて行かないと、なにも得るものはない。自分が行動すること、これが基本なのである。それがわからない人がいる。

何か問題があったとしたら自分の行動に不備があるのである。自分から動いて行けば問題もないだろう。

何か理由があって、できないということはよくあることであるが、そうでない場合は自分から行動するべきである。

子育てで忙しいとか、他に仕事があるとか、そういう理由でできないというのはよくあることである。

頑張って行動して行くことで、何か利益になることもあるだろう。失敗して、利益にもならないということもあるかもしれない。

しかし、何か行動していかなくては、現状を改善することはできない。

現状を改善して行きたいとなった場合は何か行動していくべきである。

現状を改善していくには、その場から離れて一からやってみるとか、いろいろな方法はあるが、細かく状況を把握して、1つずつ改善して行くのもよいだろう。

細かく見て行った場合、マイナス要素とプラス要素に分別できる。マイナス要素を減らしプラス要素を増やすことで改善することができる。

細かく見て行った場合、紙に書きだしていくのもよいだろう。紙に書きだすことで視覚的にわかるので、考えもまとまりやすい。

誰かがこう言っていたとか意見を聞いたらそれも参考にしていくのがよい。細かく見てマイナス要素は直し、プラス要素は伸ばすという、そういう作業をしていくことで、利益につながるということである。

何をするにしても損得で考えるというのは、意外とよいものである。

これをしたら損だと思ったら、やらないとか、得だと思ったらやるとか、そういう考え方もある。

自分が損ばかりしていると、大変なことにもなりかねない。

損得で考えることをしないで、損ばかりしていたら、大変なことになるかもしれない。得することをするというのが、とても重要なことである。

世の中にはリスクを伴うこともある。リスクを容認してから、行うというのがよいが、リスクを知らないで、行動してしまうということもある。

マイナス要素はリスクだと思って、容認していくというのは何かするにしても有効なことである。

リスクがあるということを認識して、それを容認して行動するというのは、何をするにしても、完全にすることができる。

リスクを認識せず行動した結果、大変なことになるということはある。

まずリスクを認識していくことが必要である。リスクがわかっていれば対応もすることができる。

私は通勤の仕事を久しぶりに始めてから5年になる。仕事をしているにしてもリスクはある。

仕事をするには人と会わなくてはならない。いろいろな人がいるものなので、困ったこともある。

リスクになるということもあるが、それに対応していくことは大切なのである。

通勤の仕事

通勤の仕事を久しぶりに始めてから5年になるが、19歳からアルバイトをしているので、社会人になってから仕事を始めてから22年である。私の場合22年ずっと仕事をしているわけではないが、もうそんなに経ってしまっている。殆どがアルバイトのようなものをやってきている。

アルバイトであっても21年で１０００万円の収入になった。これにはＣＤの売上なども含まれるが、アルバイトであっても、それだけになる。アルバイトならば敷居は低いので、入りやすい。22年ずっと働いている訳ではない私にとって、敷居の低いアルバイトは、入りやすいので、よい。

アルバイトのようなものであるが、そのときによってパートであったり、契約社員であったり、アルバイトであったり、いろいろである。

それだけ収入があったが、殆ど生活費で使ってしまっている。

もし20歳から60歳まで働いたとしたら40年である。そんなに働くことができるのかというと、かなり疑問である。

終身雇用制度が崩壊しつつあると報道があるが、40年も働かなくてはならないというのは、大変なことである。

これから60歳まで働くとなると、あと19年なのであるが、それくらいならばできるのかもしれない。

それだから、短期間で働くという覚悟で仕事をしていくというのも１つの手であるように感じる。

40年も仕事をしなくてはならないというのは辛いことでもある。健康面でも心配である。もう私は22年も経ってしまっているので、あと19年ほどである。それならばできるのではないかと思っているが、それでも健康面は心配である。きつい仕事であったらば、腰が痛くなったり、足が痛くなったり、そういうことでできなくなるということもある。

いろいろなアルバイトを経験してきたが、とにかく仕事をするというのは人に会う。いろいろな人がいるにもかかわらず人に会わなくてはならない。

それが気にならないならば仕事は合っている。合わない仕事を続けるというのも辛いものである。

仕事をしていると、何かトラブルがあることもある。それが原因で、辞めなくてはならないという場合も少なくない。

特に、自分の責任でない場合でも、そういうものに巻き込まれてしまうということもある。巻き込まれてしまった場合、最終的に辞めなくてはならないということもあるので、ずっと仕事を続けられるとは限らない。

自分の責任でなくても、何かトラブルなどがあって、移動になってしまったりすることもある。

とにかく、そういうことがあるということをわかっていなくてはならない。こだわって、ずっと働くというのは、目指していくところであるが、そういう風にはならない場合もあるので、理解していなくてはならない。

企業の人数調整であるとか、いろいろな場合がある。どんなことにも対応していけるようにしておくのは重要なことである。わかっていれば初めからやらないとか、自分でもできることがある。

仕事はしているが、トラブルがあって、続けられないという場合もある。自分の都合でのトラブルもある。何か病気をしてしまったとか、家族が病気で早退しなくてはならないとか、いろいろなことがある。

そういうことにも対応していくには、貯金をある程度しておくのがよいだろう。

まず、1000万円を目標に貯金をしていくのが、よい。

それだけあると、かなり生活も変わってくるので、1億円とか10億円とかそういう金額ではなく、まず1000万円を目標にするとよい。

そのくらいであれば、普通に仕事をしていて、貯まる金額でもあるし、無理無謀なことでもない。

それだけあれば、トラブルがあって仕事を辞めなくてはならないという場合でも、対応していくことができる。

例えば、月に10万円かかるとしたら、１年で１２０万円、10年で１２００万円である。それだけかかるというのを念頭に置くと、１０００万円あればかなり安心である。

しばらくは生活することができるし、次の仕事を見つけるまでの生活も安心である。それだから、諦めずに１０００万円くらいを目標に貯金をしていくのがよい。数年くらいは生活することができるので、とてもよい。

トラブルに巻き込まれて辞めなくてはならなくなったら、次の仕事を探さなくてはならない。自分で探すこともできるが、誰かの紹介などもある。

自分で仕事を探すと言っても、自分が仕事をするのだから、好きなことのほうがよい。嫌なことをずっとしなくてはならないというのは大変である。自分ができることを選ぶのもよいだろう。

仕事を始めてみたらとても難しかったという場合もある。そうすると仕事にならないので、辞めなくてはならないこともある。

仕事がないというのはこれはかなり悲惨である。10億円とかそういう単位で要るのではないかと思いがちであるが、計算してみるとそうではない。

しかし、この計算はインフレには対応していないため、現在の状況が維持できた場合である。

インフレの対応策として、金を買っておくというのがある。物にしておくと、インフレと共に値段が上がるので、対応することができるのである。

ここ数年はデフレのために物の値段が安い。安いというのは家計にはやさしいものである。1か月でどれだけかかったのか、家計簿を付けてみると面白い。

我が家は光熱費などが6万円で、その他が14万円くらいで、1か月で約20万円の支出である。我が家は大人2人だけなので、これだけで済んでいるが、家族が多い場合はもっとかかるかもしれない。

収入から支出を考えると、結構ぎりぎりである。だから余分なものは一切買うことができない。最低限必要なものだけ購入する感じである。

家計がかなりかかるので車も持っていない。

第7章　日々の生活と音楽と人生

音楽と生活と

生活することは大変

それだから、子育てをする場合は月収がかなり多くなくてはならない。教育費もかなりかかると予想される。

1人育てるには3000万円要るという話を聞いたことがある。いろいろな諸経費も含まれると思うが、もし子供が医者になりたいとか言ったら学費はものすごくかかるだろう。まず最初にかかる教育費と言えば幼稚園である。そこで壁にぶち当たるという場合もある。

出産費用としても100万円くらいはみとかなくてはならない。国の補助などもあるので、すべてを払わなくてもよいが、それくらいは考えて置く必要がある。

我が家の1か月の収入は夫が40万円、私が10万円の、50万円であるが、このくらいならば子供1人は育てられるだろう。

子供が居た場合の食費はかなりかかるもので、５人でラーメンを３玉にするとか、そういう対策も必要になってくる。子供なので量は要らないと思われるが、育ち盛りの子供はかなり食べるだろう。

高校生くらいになってくると食べる量はとても多くなる。女子でも男子でも高校生くらいは一番食べる時期である。

子供が居た場合の食費はかなりかかるので、とても大変である。もし弁当を持っていくということがあれば、１つの弁当をつくるには３００円くらいは最低でかかる。月に22日弁当を持っていくとなると、６６００円かかるということになる。弁当だとしてもかなりかかるのである。

前の日の残り物を詰めるとかそういうことをしていけばよいかもしれない。弁当は節約になると思っている人も多いかもしれないが、結構かかるものである。

弁当をつくるのには朝早く起きなくてはならない。毎日幼稚園の弁当をつくるとなると母の労力も大変なものである。たまにはパンを買って行くとかそういうことをしながら、毎日弁当をつくる。かわいい弁当ができたのならばとても嬉しいだろう。私が弁当をつくると、なぜか５００円くらいかかってしまうので、あまり節約にならない。

前の日の残り物を弁当に入れれば、安くできるのはわかっているが、あまりそうはしたくないので、新しく調理する。

そうすると、食材がかなり多くかかり、値段が上がってしまう。少なくて200円、多くて500円はかかってしまう。それでは、おにぎりを2個コンビニで買ったとしてもあまり変わらない。むしろコンビニのほうが安くなる。

手間とお金をかけて弁当をつくるよりも、コンビニで済ましたほうが安い場合がある。それでは酷いという意見もあるので、手間とお金をかけて弁当をつくったほうがよいという考えもある。

手間は惜しまないというのがよい。しかし、長年生活していると手間をかけるというのは、大変なことに気が付く。

夕飯をつくるのに5時間もかかってしまったりしたら何もできない。そうなると業務の簡略化がよい。業務の簡略化というのは仕事をしていても生活をしていても大切なことだと思う。そうしないと、何時間もかかってしまったり、そのようなことをしていては何もできない。

中には手間をかけるという人もいると思うが、私は業務の簡略化のほうがよい。そうすれば短時間で業務が終わるのでいろいろなことができる。

業務を短時間で行うというのは大切である。そのために、すばやく行動するというのも1つの手である。

業務を遂行するのにすばやく行動するというのはとても大切なことで、そうすることによって、仕事が早く片づくということもある。

無駄な時間をつくってしまうと限りなく時間がかかってしまったりもする。何か他のことをしていて、肝心なことが終わらないという事態にもなる。

次はこれをしようと頭で考えて行動していくのもよい。理路整然と考えていくということはなかなか難しいことであるが、理論的な思考は何をするにしても役に立つ。わからないことがあっても、何かのきっかけを見つけて、理論的に考えて、理解することができるということもある。

仕事をしていくときもそういう考えほうはとても役に立つ。いろいろな仕事があるだろうが、理論的な思考はとても大切である。

理論的な思考は男性が得意であると思うが、仕事をする上でも、生活においても、なにかトラブルなどがあったとしても回避することができる。

トラブルを処理していくということは仕事でも生活でも必要なことである。それが中々難しいものである。思わず、人に聞いてしまうこともある。

人に聞いてしまうというのは恥ずかしいことではない。恥ずかしいと思って聞かないと、知識を得ることについて損をしてしまう。

知識を得るというのはとても得なことである。知らないというのは恐ろしいものである。知らなかったばかりに失敗をすることもある。知っているというのはとても得なことである。

物知りというのはとても有利である。知っているので安心ということもある。知っていることが得なので、とにかく知識を得るということをする。そのために本を読んだり、新聞を読んだり、いろいろな情報を得る努力をしていく。

情報を得るというのは知らなかったことが解決することがある。何か問題があったとき、トラブルを回避していくことができるのである。トラブルがあったときに、よく考えなくてはいけないのは細かいことである。

例えばカーブで接触したというトラブルがあったとしたら、内輪が入るということを知らなくてはならない。

そういう風に細かいことを考えるというのは大事なことである。細かいことを考えて行くことによって、トラブルを回避することができるものである。細かいことを考えるというのは大変なことかもしれないが、とても大事である。

女性は大雑把な人が多いので、不得意かもしれない。もっと細かく考えるというのは何事においてもとても大事なことなのである。

トラブルの処理において、細かく状態を考えるのは有効である。それを防ぐための対策も考える。

情報を得ていくというのは何かあった場合にも役に立つ。自分の考えだけではなく、他の考えも使うのである。

そうすることによって、トラブルを回避していくこともできる。人が多いとトラブルも多い。何が原因か考えていくというのも大事である。

人とのコミュニケーションにおいて、気に入らないことを言ってしまうこともある。言ってしまったらもうしょうがないが、あとから訂正していくこともできる。

コミュニケーションでは、相手を褒めるというのはとても役に立つ。仲をよくするために相手を褒めるというのはよいことである。

それが嫌だという人もいるかもしれないが、批判的なことを言うよりはよい。批判的なことを言うというのは大抵の人は嫌である。

フォローしていくというのがよい。何かトラブルがあった場合もフォローしていくことが重要である。あまりにも批判的だと、さらにトラブルが増える。

コミュニケーションにおいて、相手をフォローしていくのは男性でも女性でもするべきである。そうすることによって物事が円滑に回るものである。

物事を円滑に回すというのは容易ではないが、普通にやっていれば円滑に回るということもある。あまり難しいことは考えずに普通にやっていくということで円滑に回るのである。物事を円滑に回すというのは意外とできるものである。

家庭を円滑に回すというのはとても大切なことである。あまりにもトラブルが多いと家庭崩壊の危機になる。

子供が大きくなって、まだ家に居る場合、親が高齢化していくので、子供がそのうち生活できなくなってくる。それから対処するとなるとかなり難しい。子供の一生で、1人暮らしの期間を短くするということについては有効なのであるが、親が高齢化することを念頭に置かなくてはならない。

約６割が子供をもつものであるが、今の日本においては、子供をもつことが贅沢になっている。高収入の家庭であるのが条件になっている感じである。

とにかく日本は教育費がかかるので、子供に１０００万円くらいはかかってしまう。それが平気であるという高収入の家庭でないと、子供を育てるのは難しい。

貧乏子だくさんという言葉があるが、それは昔の日本であって、現代ではそのようなことをすると行き詰まる。

子供を育てるにはかなりかかるもので、１０００万円という意見もあるが、私の意見では３０００万円である。３人いれば９０００万円であると考える。サラリーマンの生涯収入は２億円なので、一応大丈夫な計算である。

６割が子供をもつということは４割には子供が居ない。そういう風潮というのは昭和の時代から変わっていない。

日本は世界的にみても出生率が低い。子供を育てることが難しい国なのである。

父は、よく子供を育てることができたと言う。それだけ子育てが難しい国なのである。

社会で支えあうという意見もよく聞かれるが、それだけでも難しい。国の対策にしても、あまり役に立たないかもしれない。

それだから、自分達でなんとかしていくことが必要になってくるため、とても難しい。子育てが難しい国であるということを認識していかなくてはならないが、そういう理由であきらめるというのはあまりすすめない。実際、できるのかどうかを判断するべきである。家計であっても、すべてを計算すればわかるものである。1年でどれくらいかかるのか、子育てにはいくらかかるのか、すべてを計算していけば可能なのかがわかる。

いくらかかるのか不安という場合は想定して計算してみるとよい。想定なので実際とは違うが、おおよその予想がつく。家計をほっとくというのはとても危険のような気がする。

きちんと計算していかないと、どれだけかかるのか把握できない。子育てに、どれだけかかるのか、きちんと計算していくことは大事である。子供が居るというのは贅沢なことなので、かなりかかるのかもしれない。

お弁当1個つくっても、最低で200円くらいはかかる。200日つくったとしたら4万円である。そういうことを1つずつ計算していくというのは大切なことなのである。

買い物にしても100円の差を見落としてはならない。200円と100円とでは倍である。そういうことをきちんと気にして、家計を守って行くことは、主婦の仕事でもあり、夫の仕事でもある。

家計を考えるというのは必要なことである。ほったらかしにしていると、どんどん家計が膨らむ。

家計を縮小していくことも大事である。縮小する場合、月払いで払っているものを減らすと、かなり縮小できる。

携帯などを減らすことはとてもよい。子供の携帯が今月９万円だと嘆く母親もいたりする。そんなにかかってしまっては大変である。家計を縮小していく努力を惜しまないほうがよい。

もちろんそんなことをしなくても平気な人はしなくてもよいが、ぎりぎりで生活している場合は、そういうことは必要である。

ぎりぎりであるということは、一応平気であるので、あまり焦らなくてもよいが、もし赤字であったら、どうしたらよいか、考えなくてはならない。

考えた結果、株をやろうとかそういうことを考えてしまったら、それは危ない。安全なほう法でどうにかしなくてはならない。

家族が多ければみんなで働けばよいし、節約できるところは節約していく。無駄なものは一切買わないというのは基本である。

最小限の物しか買わないというのはかなり節約になってくる。洋服も1週間分だけでよいとか、電気は一箇所しか付けないとか、そういうことをしていくと、節約になる。

しかし、家族が協力的ならばよいがすべてがそうではない。非協力的な場合もあるので、大変なのである。子供が迷惑ばかりかけるとか、夫がうるさいとか、家族がいても、大変なことも多い。

家族がよい人とは限らない。すごく自分勝手な人もいるし、仲よくするのが苦手という人もいる。いろいろな場合があるので、その場合によって対処していかなくてはならないために、とても大変である。

家族が非協力的であることはとても迷惑である。酷い場合は家庭崩壊に繋がる。家計を守って行く主婦と夫は、家族がより良い生活ができるようにと考えることは少ない。とにかく節約していくことを念頭に置いて、少ない金額で生活できるように考える。

1か月10万円かかるとしたら年間で120万円かかるということである。

それだけの収入がないといけないということであるが、家庭が上手く回ってくれるというのはとても有難い。

主婦の仕事は24時間であることを考えて、家族が協力していくということが大事でもある。そうすれば主婦が仕事に出るということもできるので、とてもよい。

主婦が仕事に出る場合、４時間だけとかそういうこともできる。時給なのでそういうことは可能なのである。

時給のよさはそこである。あまり拘束されずに、４時間だけとか働くことができる。女性が働く場合そういう働きほうも嬉しい。

例えば、時給１０００円であったとしたら、４時間で月20日働くと８万円である。そういうことができるので、時給というのは嬉しい。

８万円であっても月間10万円かかる場合などは足しにすることができる。この８万円はとても大きい。年間にすると96万円にもなるので、かなり大きい。

サラリーマンの家庭であると、そのくらいの金額で回っているので、家計の足しにすることができる。少額でも出て行く金額が少ない場合は、役に立つものである。

出て行く金額が10万円であれば、10万円あればよいのである。10億円とか1億円とかそういう金額を考えてしまうことも多いが、出て行く金額が少なければ、それだけの収入があればよいのである。

だから少額でも支出に対応していくには、それだけの金額でもよいのである。もちろんその場合は貯金をして、沢山貯めるということはできない。支出に対応していくだけになってしまう。

生活を維持するには支出に対応するだけの収入でもやっていけるものである。

極論で生活しなければよいのではないかと考える人もいるのだが、とても現実離れしている。

何か行動していくこと、それによって収入を得ていくことは、毎日をよりよい生活にするためには、大切なことである。

とにかく金額がかかるという場合はいろいろな方法を考えなくてはならないが、失敗することもあるということを念頭において行動しなくてはならない。

確実に収入になるということをしていくことが、生活を安定させるにはよい。

生活を安定させるということは、家族みんなで働きに行くという行動になることもある。

家族が3人でそれぞれ20万円の収入であったとしたら、月60万円の収入になるのである。

そうすることで、生活が安定していくということになることもある。

大人のみんなで働くことができればかなりの収入になるだろう。みんなで働くというのは少し衝撃的かもしれないが、そうすることで収入は確実に増える。

不確実なことをするよりもよっぽどよい。確実に収入になるために、生活も安定するが、各自が忙しいので生活を営むという行動は少なくなるかもしれない。帰ってきて寝るだけというサイクルになるだろう。

少し余裕が欲しいならば、短時間の勤務にするという案もある。時給ならば短時間の勤務が可能である。５時間だけとか、３時間だけとか、給料は少なくなるが、時間に余裕が生まれる。空いた時間でいろいろなことをすることもできる。

仕事をしながら、家事と育児と、趣味と、することができるだろう。そういう生活サイクルにするというのは幸せなものである。

音楽と時間

仕事をせず、暇な時間が多いというのは些か不幸である。暇というのは耐え難いものである。

私は暇なのが嫌なので、絶対に何かしている。パソコンをしていたり、テレビをみていたり、本を読んでいたり、絶対に何かしている。何もせず、ぼうっとしているということはまずない。１日中何かしているというのが普通である。

暇すぎるというのは不幸である。それがよいという人にとっては幸せなことかもしれないが、何もせず時間が過ぎてしまう。小さい頃から私は何かしている人であった。ピアノを弾くということも多かった。始めはエレクトーンも家にあったので、それも弾いていた。ピアノは上手いという実感はなかったが、好きであった。基礎から教室で教わっていたので、生活の一部のようなものでもあった。

小学校4年生の頃に作曲を初めてした。ピアノの童謡なようなものであったが、綺麗にまとまっている曲であった。変ロ長調の曲で、明るい曲であった。

今でも覚えているので弾くことができるが、基本に忠実な感じの曲であった。音楽の基礎は教室でしっかり教わっていたので、それが普通であった。歌や聴音などもしていた。まだ小さかったので、遊びの一部のようなものだった。

ピアノを弾くにはまだ手が小さかったが、それでもしっかり弾いていた。1曲を仕上げるのに練習をたくさんして、仕上げていた。しかし、暗譜は苦手であった。

練習していくと、絶対に弾けるようになるものである。何度も繰り返し弾くことでできるようになる。1回で弾けるということはまずない。練習をたくさんすることで弾けるようになるのである。

ピアノはバイエルからやっていくのが普通であったが、私はそうはしなかった。教室のテキストの曲をしていた。

昭和50年代というのはピアノの最盛期で、子供はみんなピアノをしていた時代であった。その頃、それが普通だったので、今だと少し珍しいことのようになっているが、時代が違ったのである。

面白いことにピアノは子供でもできるものであった。子供だからこそできるというものであった。特に難しいことでもない。基礎がわかっているので、わからないこともないし、遊びの一部のようなものであった。

レッスンは週1回くらいあったので、それに間に合うように練習をしていた。前日に練習しないと、レッスンでは弾けない。前日には3時間くらいは練習していた。しっかり練習しないと弾けないので、かなり弾いたものだった。

子供にしては上手い感じであった。ピアノが特に好きというわけでもなく生活の一部であった。生活の一部なので、それが普通のことであった。今では普通のことという認識はないが、その頃は全く普通のことだった。

生活の一部であったことというのは今ではとてもよい思い出でもある。それによって自分がすごいもののように感じるし、特別な感じもあるので、今ではとてもよい思い出である。

ピアノが特別なものではなかったというのは、物心がついたときから、ピアノを弾いていた影響である。特別なことではないので、食事をするようにピアノを弾いていたのである。特に上手いという実感はなかったが、1曲を仕上げられるととても嬉しかった。

初めは簡単なものから弾いていた。難しい曲はあまりできないので、挑戦はあまりしなかった。

リストなどの曲はとても難しいので、弾いたことはない。ソナチネやソナタが好きで、そのくらいのレベルならば弾くことができた。

音楽大学に入ってから、初めてショパンを弾いた。専門はホルンだったので、ピアノのレベルは低い。ショパンもとても難しく、弾くのが困難であった。一度弾けてしまうと、何回弾いても平気だった。

ショパンはとても美しく、弾いていても気持ちがよいものだった。ソナチネやソナタは構成がしっかりしているので、弾いていると、完全さを感じるものだった。ソナタはかなり好きなので、今でも弾くことができる。

小さい頃に弾いていたものはほとんど忘れてしまっているので、今では弾くことはできないが、ソナタは弾くことができる。

ツェルニーという教則本を弾いていたことがあるが、全くの、練習用の曲で、指の運動になるものばかりであった。美しい曲というわけでもなく、音階が並んでいるようなものであった。

それでも難しいので、３日くらいは練習していた。リストを弾くのが夢であったが全く夢で終わった。リストはとても難しく、手が大きくないと大変なのである。

手が小さい私はリストがかなり無理なものになっている。ソナタはたくさん弾いていたが、手が小さくても弾けるので、曲を網羅して、多くのソナタを弾いていた。ショパンは美しいがとても難しく、練習の時間が多くないと弾けるようにならない。

音楽大学と曲と

音楽大学に入るというのは自分の中では、大変なことであるという認識はなかった。楽器をやっている人はあまり多くないし、その中で音楽大学に行くというのはかなり少ないのではないかと思っていた。

しかし、入学試験を受けてみると倍率がとても高かった。倍率が高いおかげで、浪人することになったが、とにかく大学には行きたいし、諦めるということは考えていなかった。
高卒になるということは避けたかった。高卒が大変な人生になるということを知ってい
た。とにかく大学に入ることを念頭において、浪人1年目は音大のみにして、受けてみた。
そうしたら受かったので、とてもよかったのである。
音楽大学の試験にはピアノの実演もある。試験の曲を1年前から弾いていて、たった1
曲をとにかく練習していた。試験には聴音もある。聴音は得意だったので、心配はなかっ
た。楽典も、得意なほうだったので、平気であった。
心配だったのは勉強のほうである。大学入試用の勉強はあまりしていなかった。勉強は
できないわけではなかったが、しっかりと勉強をしていたわけではないので、心配であっ
た。それでも、かなりの高得点を取ることができていた。
音楽の勉強することは楽しかった。何か趣味を楽しんでいるような感じで、苦痛はなかっ
た。音楽というのは楽しいのが基本であるので、音楽の内容を考えるということも必要で
あるが、人を楽しませるということが大事である。
バックミュージックとしても音楽は必要であるし、しっかり聞くのにも必要である。沈
黙を消してくれるものであるし、気分もよくなるものである。

音楽があるということは、生活がよりよいものになる。自分で演奏することもできるので、趣味にもよい。

音を美しいものに仕上げて、聞かせてあげるというのは、芸術としても、表現方法としても、役に立つものである。美しいというのは完成されたものであるという条件もある。芸術としては美しいものであるという必要はないが、人が聞いたりするのには美しいものがよい。

私が曲をつくる際に一番気を付けていることは、明るい曲にすることである。明るい曲をつくるという前提のもと、表現はいろいろ変化させていく。普通につくってしまうと、なんとなく暗いという風になることもあるので、それは気を付ける。

男性の声だと、明るいという表現には限界があるが、幸い、私は女性なので、明るいという表現には適している。とにかく明るくするというのをモットーにして、曲をつくる。ほとんどが明るい曲であるが、実は暗い曲もつくることができる。童謡のようなものであれば10分もあればできてしまう。そこを、苦労して、明るい曲にして、ボーカルも入れて、打ち込みもしていく。

1曲をつくるには、5時間くらいはかかってしまうが、3分から5分くらいの曲ばかりなので、あまりかからないでできるのである。これが2時間のクラシックをつくるとなると、かなりの時間がかかるだろう。時間の問題でもある。

1日で1曲はできるので、女性ボーカルのポップスは簡単にでき上がる。誰かとコラボをしてつくるとなるとこれは面倒なことである。1人で何でもやってしまうというのは、業務が短縮されるので、早くでき上がることになる。

1人で活動していく身軽さを知ってしまったら、もう誰ともできないかもしれない。女性1人で活動していくにはアドバイスをくれる男性も欲しい。そう思って、夫に言ってみるが、あまりしっかりとした返事は返ってこない。

しょうがないので、自分で考えて行動するが、女性でもできるものだという感じはしている。女性だからこそ、変なことには巻き込まれずに、普通に活動することができるので、とてもよい。

面白いことに、女性の敵は女性である。これは幸いなことに、女性の性分をお互い知っているため、共感していくことも多い。

音楽をしていくにはどうしたらよいかと考えたとき、面倒なことはやめて、やりたいことをするという方法になっていった。

半分、趣味のようなものなので、したいことをするのが、活動を支えるものになった。しかも経費はあまりかけないようにするという方針もある。収入が限られているので、その中でできる範囲で活動していくのである。

とにかく経費をかけないで音楽活動をするというのが、目標であるが、ＣＤをプレスするには数万円かかってしまう。それが捻出できるようにして、ＣＤをつくったりする。

それでも他の経費はかけないようにして、なるべく安く活動していく。そのためネットで無料で公開してみたり、ホームページを無料でつくってみたり、そういうことをしていく。

音楽をしていくには、多少はお金はかかってしまうので、多少かかる分はしょうがないと思っている。あまり経費をかけずに活動していくというのは、長く続けるには一番である。

ＣＤなどの売上として50万円くらいは入っているが、そのくらいしか入らないので、あまり期待することはできない。たくさん売れればかなり入ってくるのかもしれない。ＣＤを売って生活するというのはできない。趣味で行うというのが正解である。

ＣＤをつくるにあたり、ほとんどが自分でつくることになる。ジャケットのデザインから、写真を撮ること、絵を描くことなどは、すべて自分で行う。

デザインを頼むことはあるが、ほとんどが自分で行動していくのである。それが楽しいというのはあるが、今ではパソコンがあるので何でもできる。

パソコンをするというのはとても楽しいことだった。1日中パソコンをしていたこともある。いろいろみていると、何でもできるというのがわかってきて、いろいろなことをしてみようという気になった。

音楽をするにあたっても、楽曲を公開してみたり、配信で売ってみたり、動画を公開してみたり、いろいろなことができる。映像をつくることは苦手なのだが、それでも何か撮って公開していくことは面白いことであった。見る人もたくさんいるので、それもさらに面白い。

音楽のプロモーションビデオを撮りたかったが、自分でつくる以外に方法が見つからない。自分でつくっても苦手なので、上手くいかない。音楽を流して何か映像を撮って合わせてつくるというのがあるが、それも上手くいかない。なかなか難しいものである。

映像をつくることはとても苦手なので、プロの人に頼みたいのだが、それでも企画などは自分でやらなくてはならず、それも苦手なので、上手くいかないのである。

映像はとにかく苦手であるという意識はあるので、なかなか難しい。それでも動画を公開して、広告もつけて、一応、収入になるようになっている。ホームページを公開するのにも広告をつけて、収入になるようになっているのである。

広告を１回見ると１円とかの収入になるので、１００回だと１００円である。とにかくタダでは見せないという方針である。広告を貼って、クリックすると１円とかになるようにしているのである。

内容はタダで見ることができるが、広告を貼ることによって、タダではない風になるのである。

タダというのは実際行っているほうからするととても損なのである。少額でもよいから有料にしないととても損している気分になる。少額でもよいから有料にするというのは得なことであるが、お客さんがあまりこない。

無料のほうがたくさんお客さんが来るものである。タダで音楽が聴けるというのは、日ごろの生活に音楽がない人にとっては、有難いものなのである。

音楽を聴くことというのは贅沢なことである。迷惑なのではないかと思う人も居るかもしれないが、とても贅沢なことなのである。

普段の生活に音楽があるというのは、人生を豊かにしてくれるし、それから何か得ることもある。自分に刺激を与えることによって得るものもあるのである。

得るものがあることについては積極的に行っていくという姿勢があると、いろいろなことに気づくことができるので、失敗が少ない。

そうすることによって、失敗が少なくなるのである。日ごろの生活に音楽を取り入れるというのは、バックミュージックとしてもよい。バックミュージックとしての音楽は、静寂をかき消してくれるし、寂しさなども紛れる。

音楽がない世界というのは悲惨である。世界に音楽があるということは、より幸せになることができるのである。

仕事をしていると福利厚生という言葉があるが、国家があったとしても福利厚生は必要なのである。仕事などをしていても福利厚生は必要なので、仕事一筋という人もいるかもしれないが、旅行に行ったりすることも必要なのである。

そういう面で音楽というのは世界の福利厚生なのである。音楽が与える影響というのは測定してないかもしれないが、そういうものをロックとして、福利厚生の面もありつつ、人々に影響を与えていく使命である。

ロックの使命はそういうところにもあるので、人に嫌われることもある。それを乗り越えて活動していくというのはロックをしていく上で、理解していなくてはならない事項なのである。

私のつくっている音楽はロックポップという分野であるが、それでも芸術的な表現は限りなくできる。芸術的な表現をしていくことは、何かを伝えたい、これが言いたいとかそういうことがあることが、幸せなことである。

伝えたいことがないという場合は、芸術的な表現で、自分の技量を見せつけるということに終始するだろう。

音楽とのかかわりについては、趣味の範囲であれば、楽器を演奏することなど、いくらでも楽しむことができる。

音楽を聴きに行くだけでもよいし、家でＣＤを聴くだけでもよい。

ヒット曲といわれるものがあるが、何十年も残っているというのが現状である。それを考えるとすごい影響力なのだなと思うが、細々と音楽活動していくというのもよいだろう。最初はピアノを弾いていた少女がどんどん成長していくということは、人生を楽しむ上でも、とても面白いことである。

しかし、私は3歳からピアノを弾いているので、もう38年も弾いているということになる。

そのことについて、これからどうしたらよいか悩むことがある。まさか１００年くらい弾くわけにもいかないし、そんなことをしたらどうなるかわからない。

それはそれでよいかもしれないと思うこともあるし、それはまずいのではないかと思うこともある。そういう葛藤も含めて、これからの活動についていろいろ考えていく。

実は、文筆業が自信があるから、音楽をしていたという面がある。欲張りなので両方活動したいのである。とても無理と思われるかもしれないが、そうでもない。いろいろな方法で活動することができる時代になっている。

暇を持て余している人にはよいものである。それだから、暇ではない日々の生活では、1年に1枚CDを出せればよいほうである。

それでは収入にならないという意見もあるのだが、毎年出していたら20年で20枚である。かなり多い枚数である。それをずっと売っていくというのは面白いことである。

興味がないという人にとっては滑稽なことかもしれないが、とても面白い活動なのである。

音楽の内容を自分で試聴してみて、嫌だなと思うこともある。それを修正したりすることもあるのだが、そのままのこともある。なぜそのままなのかというと、それはそれで素晴らしいとも感じるからである。

自分の理想の曲ができないということもある。それはそれで素晴らしいと感じているので、そのままにすることも多い。

今まで100曲くらいはつくってきたが、どれもよくできているという印象である。音楽と関わるということは自分の人生を豊かにしてくれるし、人を幸せにすることもできるものである。

人の幸せのために音楽をするというのは、嬉しいものである。人を楽しませるというのはとても嬉しい。

音楽をつくっていくことはこれからも楽しむことができるし、人生を楽しむためにもよいものである。

いろいろな曲をつくったが、伝えたいことが特にあるということではない。

どちらかというと音楽をしたいという気持ちのほうが先行しているので、言葉で伝えるということは二の次になる。言葉も音楽として捉えているので、伝えることがあるというわけではない。

何かを言いたいということはあまりないので、音楽をするということのほうが重要なのである。自分の中で音楽は中心ではないが、ずっと続けているものという位置づけで、特別なものになっている。

技術が上手いかというと特に上手いという訳ではないと思う。普通に弾けるという感じであろう。

自分で楽しむためにも人を楽しませるためにもこれからも音楽活動をしていくということが、使命のような、運命のような、そのような感じである。

音楽大学に行くということを決めたときは、あまり自信はなく、どちらかというと文筆業のほうが自信があった。それでも音楽大学に行くことを決めて、勉強をしていたわけだが、音楽活動をしていくことは学生の頃から決めていたことだったので、予定どおりの行動なのである。

綺麗な音楽を奏でるということを重点にして、人を楽しませるということが、使命なのである。

面白いことをしていくことが人生を豊かにしてくれるし、毎日が楽しい。

音楽と私は関わることで人を幸せにすることがわかっている。それは辞めることができないし、これからも活動していきたいものである。

音楽を頑張るということは中々できないものであるが、少しずつ活動していきたい。

音楽がある生活というのはとても豊かなものである。人生を楽しみたいものである。

あとがき

人がたくさんいるというのは周知の事実である。

そういう中で、どう生きていくか、それは人生の課題でもある。

たくさんの人に囲まれて、生きていくことは、かなしくもあり、切なくもあり、嬉しくもあり、良いこともたくさんあるものである。

しかし、良いことばかりではないというのも周知の事実である。

いろいろな経験をしていくことが楽しいという私でもあるが、辛いこともあるのである。

しかし、人を幸せにしたいというのは、結構思っている。私の作品から幸せになれたら、これは言うことがない。

音楽をすることも、執筆をしていくことも、その他のことも、楽しんで、人も幸せにするというのが目標である。

何もないというのは不幸なことではないか、そう考えることもある。何か楽しいことがある、今度旅行に行くとか、食事会に行くとか、そういうことをしていく生活を推奨する。

仕事ばかりではつまらない。日本人は働きすぎだとか、有名な話であるが、実際そうである。

あまり働きすぎず、楽しんでいくというのは、とても健康にもよいと思う。子育てをしていたら、忙しくて、そんなことを考える余地もない、そういうこともあるかもしれないが、それはそれで、楽しんでいくというのが、よいと思う。

あまり真面目にやってしまうとつまらない。遊びながら、楽しみながら、やっていくというのは、ストレスも少ないものである。

音楽を通して、人を幸せにしていくこと、いろいろなことが人を幸せにすること、これはとても大切なことである。人が活動していくことで、社会は回っていく。何もしないのでは始まらない。

自分から行動して行くこと、これはとても重要なことである。自分が行動しないと、何も始まらない。待っているだけでは何も来ない。それに気づくことがとても大切である。

本書を通して、何か得ることができたら、私は嬉しい。何か得た結果、良いものになった、そんなことがあったら、それも嬉しい。

いろいろなことがある中で、一番、最善の結果にしていくことは、人生の課題でもある。

もう、私は40歳を過ぎてしまったが、今までが、どれだけ長かったのか、それを思い知らされる。

バブルの頃は私は学生だった。学生であったために、恩恵にもあずかれず、困ったこともなく、社会人になったときにはすでに、バブルは終わっていた。

祖父母などは大正生まれなので、戦後の時代を生きて、波乱万丈であった。

そういうことがこれからも続くことを念頭に置いて、役に立つこと、これが目標なのである。

まあ、楽しけりゃいいいんだけどね。

紀島　愛鈴

著者略歴

紀島　愛鈴（きじま　あいりん）

1976年（昭和51年）栃木県生まれ。その後、神奈川県で育つ。捜真女学校高等学部卒。東邦音楽大学音楽学部ホルン専攻を中退後、専門学校ESPミュージカルアカデミー音響アーティスト科PA・レコーディングコースを中退。結婚し、主婦業、勤務、パソコンの業務などをしながら、アーティスト名愛鈴で音楽CDを発売。音楽配信も開始。1994年からマクドナルド、1999年から山崎製パン、2014年から日通横浜運輸に勤務。著書に『あっこちゃんと月の輪』（幻冬舎）がある。

人生なんとかなるもんさ

2018年9月14日　初版発行

著　者　紀島　愛鈴　© Airin Kijima

発行人　森　　忠順

発行所　株式会社 セルバ出版
〒113-0034
東京都文京区湯島1丁目12番6号 高関ビル5B
☎ 03（5812）1178　　FAX 03（5812）1188
https://seluba.co.jp/

発　売　株式会社 創英社／三省堂書店
〒101-0051
東京都千代田区神田神保町1丁目1番地
☎ 03（3291）2295　　FAX 03（3292）7687

印刷・製本　モリモト印刷株式会社

Printed in JAPAN
ISBN978-4-86367-453-0